鲍贝作品

去西藏，声声慢

鲍贝 著

山西出版传媒集团　北岳文艺出版社

图书在版编目（CIP）数据

去西藏，声声慢 / 鲍贝著． — 太原：北岳文艺出版社，2016.8（2020.1 重印）
ISBN 978-7-5378-4874-9

Ⅰ．①去… Ⅱ．①鲍… Ⅲ．①散文集－中国－当代Ⅳ．① I267

中国版本图书馆 CIP 数据核字（2016）第 193933 号

书名：去西藏，声声慢	著者：鲍　贝	责任编辑：续小强
	策划：贾江涛	书籍设计：张永文

出版发行：山西出版传媒集团·北岳文艺出版社
地址：山西省太原市并州南路 57 号　邮编：030012
电话：0351-5628696（发行部）　0351-5628688（总编室）
传真：0351-5628680
网址：http://www.bywy.com
E-mail：bywycbs@163.com
经销商：新华书店
印刷装订：山西人民印刷有限责任公司

开本：890mm×1240mm　1/32
字数：170 千字　印张：9.75
版次：2016 年 8 月　第 1 版
印次：2020 年 1 月山西　第 2 次印刷
书号：ISBN 978-7-5378-4874-9
定价：59.80 元

本书版权为本社独家所有，未经本社同意不得转载、摘编或复制

无数遍的漫游，无数遍的抵达，仿佛只是做了一场梦

目录 — contents

去西藏，声声慢

01 　西藏之远

11 　转山

35 　缘起缘灭自有时

41 　圣湖的天黑和孤独都很美

49 　塔钦的夜真是长而安静的

57 　撑起庙堂的女神

61 　注视一场婚礼

65 　属于季节的女人

71 　雪域酒吧

79 　走进消失的古格王朝

87 　找一尊佛回去

93 　探访干尸洞

103 　太阳升起的地方

109 _ 冬天在可可西里

113 _ 梦中的布达拉

121 _ 神奇的手印和灵塔

127 _ 刻进壁画里的爱情

135 _ 秋色中的纳木错

141 _ 一朵格桑花的下午

149 _ 八廊学记

157 _ 玛吉阿米的前尘后事

165 _ 重回色拉寺

171 _ 东方的耶路撒冷

179 _ 穿越雪山聆听上帝的声音

187 _ 卡嘎小镇

195 _ 月光旅馆

201 _ 夜宿嚓卡

205 _ 一场明朝的雨

211 _ 二十二道班的停留

217 _ 米玛

223 _ 途经班公湖

229 _ 帐篷里的野百合

235 _ 流动的女人和她的家

241 _ 流浪狗去哪儿了

247 _ 唐卡之约

253 _ 尼玛塘寺

259 _ 一座老王宫和我的一篇后记

293 _ 圣路无终

西藏之远

....
....
....
....

此刻，我正置身于拉萨旅馆的灯光下，却仍然感觉西藏离我好远。我有些恍惚。一直恍惚。我摆脱不了这样一种感觉，仿佛正处于一场梦境，它明明近在眼前，却又远在天边。只要我试图唤醒自己，保持清醒的头脑，梦便立即消失无痕了。我在梦里，却抵达不了梦境。就如，我明明在西藏，却永远"到"不了西藏。它对我来说，是一份无法抵达的远。

我相信，任何人到达西藏，都是要有缘分的。虽然现在条件好了，与西藏"结缘"的人越来越多，但毕竟西藏的海拔摆在那里，缺氧的空气摆在那里，险峻恶劣的地理环境摆在那里，因此，来这里总还是要冒点险的。我是个无神论者，但，我和西藏在前世，或前世的前世，一定结有某种不解之缘。对此，我深信不疑。

缘起应追溯到2005年的那个秋天，我心血来潮，头脑一发热，突然就想到西藏去看看。于是，什么也没准备，便独自一人冒冒失失飞到了西藏。在西藏一住便是一个多月。还走了阿里大北线。记得在海拔五千米的札达,我感冒了,差点送命。无知者无畏,那时的我并不知道在高原感冒有多可怕,甚至不知道在西藏会缺氧会有高原反应,也不知道高原反应而导致的诸多并发症。总之,我在西藏懵懵懂懂地游历了一个多月,有惊无险,仿佛走进了另一个世界,犹如重生。

在接下来的十年里,来来往往无数趟,仿佛宿命般,和西藏结下了不解之缘。

有一首流行歌曲这样唱道:

回到拉萨,回到布达拉

在雪山之巅把我的魂唤醒

雪山、青草,美丽的喇嘛庙

纯净的天空中飘着一颗纯净的心

不必为明天愁也不必为今天忧

来吧来吧我们一起回拉萨

回到我们阔别已久的家……

每次听这首歌会感动,会热泪盈眶,感觉它就是为我唱的。

在西藏的日子里，会随手拍下一些照片发朋友圈。我知道，我每一次的进藏对于从没到过西藏的朋友来说是一种诱惑。他们惊叹于图片中的西藏竟然如此之美，然后他们都会这么铿锵有力地甩下一句：总有一天，我也要去西藏。

这些年，接到过很多朋友的电话，问我关于西藏的诸多问题，和进藏前后需要注意的事项。他们急迫地想知道关于西藏的一切。有的想和我一起走西藏，有的甚至是求陪同的，只要我愿意，她们可以从内地立即飞过来，全程陪着我玩。其实朋友们都只从图片中看到了西藏神秘和美的一面，他们没有看到别的。他们凭着自己的想象和道听途说的经验，就在心里拥有了一个不同凡响的西藏。然而，我想说的是，西藏有太多的东西我们无法用语言去描述。

怎么说好呢，西藏其实是一个只可以去体验，而无法去想象的地方。

我不止一次地被人问到：为什么要一趟又一趟地去西藏，在西藏你到底感受到了什么或者获得了什么？

我似乎想好了答案，以为自己能够说出些什么来。然而，所有的形容总是偏离事实。说着说着，我就会发现自己语焉不详，答案也下落不明。我如何才能说得清楚呢，我能说清楚吗？

西藏的雪山、蓝天、白云、喇嘛庙，和转山转水虔诚

往返西藏十余年，怀念那些穿着藏袍一个人到处转悠或者发呆的日子，孤单又丰盈

无比的信徒们，此刻就发生在我眼前，而我却感觉它们是遥远的，我与这里远隔万水千山。但，我感受到的这份遥远，它是现在时的，它就在我眼前，在现场，在我一次又一次的抵达中不断被我体验和觉悟着。

这是一种奇怪的感觉：我在，我却又不在。

我经常在不同的场合听到有人说起西藏，脸上布满神秘和吊诡的表情，似乎被一种来自天边之外的迷雾般的光芒所照耀，却又闪烁其词——

我在西藏的时候……

我在无人区的时候……

我经过雪山的时候……

我看见圣徒此起彼伏磕着长头的时候……

我安静地听着。

那些人，从西藏去了又回来的人们，他们往往喜欢把自己的到此一游和浮光掠影，硬是说成九死一生的经历。仿佛到过西藏，顿时就会变得与众不同、卓尔不群。那些还没有到过西藏的人，便会按捺不住地宣布："我要去西藏……"仿佛，只有到过西藏，和宣布要去西藏，才是对自我的某种证明。

想证明什么呢？

我看见那些真正"在"西藏的人，是永远都不会向人去"证明"的。对于生活在西藏的人来说，他们并非神话，而是一种存在，一种简单的生活方式。

拉萨被世界称为圣城，是众城之上海拔最高的国际化城市，每天都有来自世界各地的游客。他们小心翼翼地揣着救心丸、抗高反药，和防晒指数最高的防晒霜，以及防雨又防风的冲锋衣，像进入神话般地进入西藏，然后，开始感受各种不同的经历和觉悟。

当我第一次飞向拉萨，无比真实地走在八廓街上，我几乎失语。在到达拉萨之前我所有的经验和想象在这里全部作废。我迅速被我所看见的那些"在"西藏的人们给吸引了。他们身穿拖地藏袍,头上和手腕上和脖子上都佩戴着各种藏饰,朝着大昭寺方向集体跪拜,然后五体投地贴向大地,那是一种完全的臣服。

那是我第一次看见藏人磕长头。无数的人潮摇着转经筒进入八廓街,我不由自主地跟上他们,朝同一个方向流动。当时的我大感不解,还以为那边正在发生着某件盛事,不然这么多密密麻麻的人朝同一个方向涌去干什么?这种现象几乎是无法解释的。其实根本没有什么盛事,也不是什么节日,只是一个平常至极的日子。那时已是夕阳西下,

大昭寺前的圣徒

余晖把人的影子拖着老长老长,他们就这样踩着前面的影子接踵而去,仿佛被一种冥冥中的力量推着往同一个方向走。没有一个人逆行,全是顺着走。

后来,我才慢慢知道,他们是在转八廓街,以大昭寺为中心,就如转神山圣湖一样。所有的藏人只要走进八廓街,就都会沿着顺时针方向转。白天黑夜都是如此。偶尔有人逆行,一旦知觉,会惊出一身冷汗,立即返转。

有一次我约了人,约会地点就在大昭寺右边的街角小茶馆,从大昭寺往右走,只要两三分钟就能够走到,但这样的方向是逆向行走。要是逆着走,像河流一样迎面涌来的人潮会将你吞没。而顺着走就得绕八廓街一整圈大概需要半个多小时。我当然没敢去省这个时间,老老实实沿八廓街顺着绕了一大圈。等我终于见上那位朋友,向他解释我迟到的原因,他哈哈一笑,说,在拉萨迟到不是问题,但对神必须有虔诚和敬畏心。

在西藏,神是至高无上,也是无所不在的。你会感觉到神就栖在人群中间,如一位自由自在的漫游者,他随时出现在你身边,又随时消隐而去。

我经常穿着长裙在街头漫步,一个人独来独往,猛然回头,恍然间会看见无数的神灵和我一样在漫游,与我擦身而过。我迎向它们,却又离开它们。

行走西藏整十年，无数遍的漫游，无数遍的抵达，仿佛只是做了一场梦。太多的经历，时而模糊，时而清晰，有些记忆已然断裂细碎，无法捡拾。

天亮就要飞回杭州。在拉萨旅馆的灯光下，当我敲打下这些文字的时候，感觉自己像是在告别。

我应该收拾行李了。

－2015

2005年拍下的冈仁波齐神山

转　山

....
....
....
....

2014年初秋，我完成了一件生命中很重要的事情。我去转山了。

回来后把自己关进书房，写了部小说叫《空花》。小说中转山的经历是真的，人物是虚构的。因为有了小说，便没再写随笔。

但，每次在旅途中总会遇到些驴友，他们会在旅行结束后催问我，你写了吗，你到底是写还是不写？

我知道他们等我写的是游记。说实在，我是一个最不会写游记的人。我很难将一个刚刚经过的地方，老老实实地用文字描述出来。其实在每一次的行走结束之后，我总想写些什么，但我觉得我真正想要表达出来的那部分，从来都难以描述。而通过文字描述出来的那些，却又总是偏离事实。

转眼一年过去。今年夏天我又到拉萨，再次遇上小雅。小雅是个热爱西藏又勇敢又坚强的美丽女孩。去年转山就是和她一起，还有她的朋友们。在拉萨八廓街的某座院子里，她一边包饺子给我吃,一边问我:"你为什么不写,为什么还不写出来?难道去年转山的经历,就不值得你去写吗?"

我说:"我写了,不是一篇游记,而是一部小说。"

她立即说:"那等书出来一定要给我们每人都寄一本,看看你是怎么写我们的。"

我有点尴尬,对她说:"小说是虚构的,里面并没有提到你们的名字。"

小雅说:"那你再写一篇嘛。"

听得出来,她有些失望,仍是期待我写。

拉萨回来之后,我奇怪地得了一场感冒。开始时我并不在意,不就是个感冒嘛,我从来没有为感冒而跑医院去打过针。但这次感冒却跟我玩起了一场持久战。因为拖太久而导致了支气管炎和肺炎,让我史无前例地为了感冒而挂了十天吊针。

每天在挂点滴的时候,我开始静静地回忆起去年转山时的经历。挂完点滴回家,我开始坐在电脑前,试着敲打这篇文章,当然是要写成游记的模样。

但除了小雅,我仍然没有涉及他人。

我们去转的是冈仁波齐神山。海拔将近七千米。几个世纪以来,冈仁波齐不仅是朝圣者们的信仰终级之地,也是探险家们神往的地方。然而,那么多敢于冒险的人,他们可以登上世界最高的珠穆朗玛峰,迄今为止却还没有人能够登得上这座神山之巅。

因为,那是一座神灵之山,凡俗人不可逾越。

释迦牟尼佛就在这座神山上得道成佛。2014年是马年,正是释迦牟尼佛祖的本命年。据说在往常转神山一圈,即可洗尽一生的罪孽,而在马年转神山一圈,相当于往年转十三圈的功德。

有人说,在这个世界上的芸芸众生,能够去瞻仰冈仁波齐神山的人少之又少,而能够具备一切转山因缘的人,就更是寥寥无几。十二年一轮回。能在马年去转山的人更是跟神山有缘。虽然我不是佛教徒,也并不知道转完神山之后,是否真能将我一生罪孽从此消除干净。但我被一种巨大的愿望促使,就如受了蛊惑一般。

我和小雅她们从拉萨出发,第五天才开车到了塔钦。塔钦是冈仁波齐神山脚下的一座小村庄,是朝圣者们进出神山的必经之地,也是转山的起点和终点。

记得十年前我走进阿里,也曾经到过这里,在牧民的帐篷里住过几天。要是早上醒得早,推开帐篷,白雾笼罩、水气如烟的草原上会出现一两头狼。它们看上去并不凶狠,可能它们并不想真的吃人。你只要不去攻击它们,它们会拖着尾巴悄然离去。在这人迹罕至、生命绝迹的地方，生命与生命的相对，原本就应该惺惺相惜，而不是彼此厮杀和屠戮。感觉那时候的狼，也是孤独的，甚至孤独到有些失魂落魄。

塔钦紧挨着神山，也紧挨着圣湖玛旁雍措。记忆里从前的塔钦，有一条溪流绕过村子，流向不远处的圣湖。曾经在这里，没有商店，也没有旅馆和像样点的茶馆，连日用品也买不到。

然而，如今的塔钦不同了。记忆中的小村落，早已失去昔日的宁静。我住过的人家和帐篷也不知去向，到处都是钢筋混凝土的建筑物。有商铺、药店、水果摊、旅馆、饭店，还有各种娱乐场。俨然一座热闹的小城镇。至少在这个适宜转山的季节里，它是热闹的，甚至是沸腾的。

九月仍是转山旺季，到了十月就会大雪封山。神山复归宁静，只与风雪相伴。因此赶在大雪之前的九月来转山的人依然很多。

小雅说，马年来转山的人特别多。山上本来住的地方就少，人一多，根本就没地方住。神山上气候多变。有时候，在炎热的夏天，一阵冷空气来，山上会突降大雪，或者来一场暴风雨。遇到这样的突发天气，有的人扛不过寒冷，就会冻死在路上。也有体力不支晕倒在山上，病死或饿死的，都有。神山上还有许多野狗，白天它们都比较温顺，或走在你前面，或跟在你后头，从不对人吼叫。但一到天黑，人的体力会变得衰弱，这些野狗会在夜里变回本来的面目，狼性的一面会出现，对着失去力量尤其对气若游丝落单的人，会发出攻击。不过，对于佛教徒来说，死于转山途中，是一件有福之事，意味着灵魂已经升入天堂。而对于徒步冒险的游客来说，却是一场灾难。

摆在眼前的经历，明明是场冒险。然而，小雅却说得轻描淡写，就像在陈述一件家长里短的往事。我把小雅的话每一句都听进去了，听得很认真。说一点也不怕是假的。但当时的情形下，害怕是没有用的，我已完全被另外一种力量所控制了。我也说不清楚，我当时哪来的勇气和自信，能够用两天时间转完神山。要是在平时，我在小区里走上半小时就会累得半死。

在塔钦休整了一夜，第二天一早，背起行囊出发。

冈仁波齐神山地处冈底斯山脉，和喜马拉雅山脉遥遥相对，是中国最美、最令人震撼的十大名山之一，也是世界公认的神山，它被人称为"东方的耶路撒冷"。

珠峰的海拔有八千多米高，感觉比冈仁波齐峰要危险好多，但是，冒险家们不断地登上珠峰，却从未有人登上过冈仁波齐峰。你不得不相信这句话：山不在高，有仙则灵。冈仁波齐和珠峰的不同之处在于，珠峰只是一座高山，而冈仁波齐却是一座神灵居住的山峰，是人类终极的信仰圣地。作为凡夫俗子，永不可能抵达神山顶峰，只能绕山而行。

进入山口，抬头便可看见被白雪覆盖的冈仁波齐主峰，就像一顶壮观的大银冠，凌空而起，直指云霄。峰顶旗云缥缈飞扬，有着唯我独尊的气派，更似被冥冥间的气息所笼罩，梦幻神圣如大佛，仿如从天外横空飞来。

一条蜿蜒的山泉在山脚下无声地流淌，我们沿溪而上。

开始时，走的是一段沙石路，路面倒也平坦，越野车都能开上来，海拔也在五千米以下。因此，一路自我调息，匀速地行走，我们几个人都没有分开。大概走到十公里左右，明显感觉头晕目眩，胸闷乏力，开始上气不接下气。走几步就想坐下来休息，但又不敢久坐，怕一坐下来，就再也不想走。

海拔在逐渐升高。望着前面盘旋无际不知通往何处的沙石路，心里直打颤。有人说"蜀道难，难于上青天"，我觉得眼前的这条转山路，比那蜀道还难。由于体力逐渐跟不上，又缺氧，整个人变得焦躁不安。高原的日照猛烈地射击在我们身上，仿佛在抽干我们的水分，同时也狠狠地抽走我们身上的所有力气，让我们失去力量，失去信念，失去所有。

又坚持走了一个多小时，出现四五个帐篷。酥油浓郁的味道从帐篷里飘扬而出。一个高大的藏族女人看了看我们，

神山上的星空

不知说了句什么,我们听不懂。她黑亮的脸蛋晒出来两朵高原红,头发用红绳子扎成粗大的辫子拖在后背上,油亮油亮的,发尾部分结成了块。青灰色的旧藏袍,衣襟处已磨出好多线头,丝丝缕缕地垂挂下来,粘贴在她胸前。她不会说汉语,也听不懂我们说话。

帐篷里只有酥油茶和康师傅面条,除此之外,再无任何食物。将物品运上山的成本太高。有这两样食物可容我们饱腹，已是神赐，应心怀感恩。我们点了几壶酥油茶。都不习惯酥油的味道。但你不喝，就什么也没得喝。

帐篷里有人在绝望地哭泣，一边哭一边说，实在走不动了，她要回去。全程五十八公里，至少要走整整两天，还没走到十公里，便已崩溃。

转山之前不止一次听人说，转神山是要有因缘的，缘分未到的人，哪怕体力和耐力再好也是没用的。和我们一起走的有一位来自山西的大哥，为了这次转山整整准备了两年，他每天坚持锻炼，跑步、吃素、念经、祈祷……所有的一切都只为了能够顺利转山圆满。然而，车子一驶进阿里，他便开始高反，越接近神山，身体越是不舒服，终于无缘无故病倒在神山脚下，最后还是被救护车搬了回去。同行中大都是佛教徒，他们认为那位大哥身上的业障太重，也可能是前世今生杀生作孽过多，神灵的山暂时拒绝了他的朝圣。

我是个无神论者，在平时我几乎不信这些。但在西藏，尤其是在神山上，我不由得不信。我坚信神的存在。

风呼啦啦吹着，把帐篷吹得不停摇晃，我的双腿沉重酸痛，犹如灌满了铅，只想坐下去，躺下来，从此不动。我咬着牙，低下头去，看着自己的双脚，新买的登山鞋已风尘仆仆，沾满了泥土。想起一些往事。忽然两眼一热，鼻子发酸，随之而来的一股倔劲突然就涌上来。我对自己说："继续走，走不动也走。"

一个藏族女人五体投地磕拜着经过我们,她的额头磕烂了,肿起来一个包,血肉模糊。藏袍上全是灰。她朝我们浅浅一笑,我递给她几块巧克力,她接过去,双手合十,弯腰道谢,然后把巧克力藏于她的袖管内,继续将身体匍匐于大地,双手向前,举过头顶,然后,慢慢立起身,再次跪倒……

我盯住那个藏族女人看,看着她的身体紧贴着沙砾地,此起彼伏,由近及远。那一刻的我,突然哽咽出声,直至热泪盈眶。

经过一番默默崩溃,接下来的状态竟然出奇地好。虽然置身神山,却有很长一段路根本看不见神山主峰的真面目,它被其他山脉挡住了。再次看到它的时候,又是一个完全不同的角度。每次都会驻足仰望,或者用相机拍下来,仿佛一种意外的收获和馈赠。

能够看到神山真面目的人,是有福的。当我可以置身山中,又如此近距离仰望神山主峰的时候,心里洋溢着幸福和感恩。

大概又走了四个多小时,看到一座横跨溪流的石板桥,桥两旁的栏杆上飘满绚烂耀眼的经幡,经幡上竖着一块木牌,上面写着:"止热寺,由此进——"

蔚蓝的苍穹已置换成朦胧的金红色。夕阳的余晖照射在

夕阳下的冈仁波齐神山

神山主峰上,如一顶冉冉升起的金碧辉煌的皇冠,又如一尊开光的大佛腾空而立。

终于走到止热寺入口,全身累瘫,意志力已撑不下去。当意志力开始崩塌,身体一下子便失去了支撑,双腿一软倒在山坡上,面朝神山,让自己沐浴在夕阳的光辉里。照在我身上的光,仿佛是从神山上直接泼洒下来的。

佛光普照。只听见自己急促的喘息。身体直挺挺倒在地

上,像一具只有呼吸的尸体。我尽力地调整着自己失衡的心肺。

夕阳把天空变成绛红色的海洋,眼前的神山变得模糊起来,有一种很不真实的感觉。仿佛置身天上,又似乎在遥远的汪洋深处。感觉自己变成了一小粒灰尘。一切的一切都是微不足道的。像看见海市蜃楼。神山就如一座肃穆庄严的庙宇,里面住着神。它就在天堂。在茫茫汪洋。在我眼前。

我是在这个时候,才突然想起那头豹子来的,它在另一座神山上。是海明威写的小说《乞里马扎罗的雪》。我没到过乞里马扎罗山。它被称为"非洲屋脊",海拔也在五千多米高。那座山的西高峰,和冈仁波齐一样,终年积雪不化,被非洲人称为"上帝的庙宇"。海明威在他的小说开头这样写那头豹子:

在西高峰的近旁,有一具已经风干的豹子的尸体,豹子到这么高的地方来寻找什么,没有人作过解释……

以前每次读到这里,从来就没想明白,那头豹子,为什么会跑到这么高寒的地方去送死。它当然不可能是为了去觅食。在这么高寒的山巅,没有任何食物,连空气都是稀薄的,豹子不会那么笨。

那它为什么要跑这么高的雪山上来?

此刻的我,躺在五千多米高的神山上,忽然便想明白了。这种内在的被召唤的精神力量,或许只有到了一定的"境"上,你才能够豁然领悟,才能够去真正懂得。

那晚,投宿于止热寺。房间很小,简陋到了无以复加的地步。每间房都是三张单人床,除了床,一无所有。寺庙还在修建中，依傍着山坡一排排往上建，每一座屋子都正对着神山主峰。

小雅说，在这里修行一天的功德，相当于在别处修行一年。虽然这个说法多少有些虚无和玄幻，但我完全同意。我也无意于谈论宗教，但我深信不疑。在这里，神绝不是虚无的，它就在此地，在我们身边。只要你抵达这里，就会强烈地感受到神的存在。眼前这座如庙宇般巍然而立的神山之王，是奇迹，也是神迹。神迹是人无法揭秘的。唯有膜拜。

登上庙殿的台阶很陡，大概有二十来级，每往上爬一步，就不得不停下来大口喘气，喘气时不能仰面朝天，只能低头看地，不然更会头晕目眩。那种感觉很奇特，犹如腾空在天，临登天梯。

终于进入殿内，没有坐的地方，只能站着喘息。我们向着释迦牟尼佛五体投地跪拜。这是我第一次在海拔五千多米高的庙宇里磕这么多个长头，三十个，还是五十个？我记不得了。只记得当时的我心里空空，毫无杂念。以为自己仅剩的体力会在不断的磕长头中消耗殆尽。可竟然不觉得累，而是心清神明。起身时，点起供养的酥油灯。

在庙宇顶部，有一岩洞，仅可容一人猫腰进入。据说，好多高德大僧都曾在这个洞穴里修道成佛。只要有缘进入洞穴参拜过的人，都可免去七世轮回之苦。

洞口窄小，我折腰而入，几乎是爬进去的。仅有的一点点光线，是从洞外打进来的。刚进入的瞬间，根本看不清内部，只是黑乎乎一片。我跪下身，用双手摸着地往前爬行。大概爬摸两三步，双手忽然触到一团物体。分明是人的气息，吓得我差点尖叫出声。也不知是谁正跪在那里喃喃祈祷。

走出神殿，天色渐渐暗下来，呈现在眼前的冈仁波齐峰，已是一个模糊而庞大的轮廓。

默然往回走。猛抬头，满天繁星，密集如白色灰尘。忍不住惊呼出声。居然那么多星星，就像满天雪花在空中飞扬，感觉就要落下来，下一场漫天大雪。

在这静谧的星空下，我忽然想到"空花道场"四个字。我仰着脖子，站在夜里。缺氧。令人窒息。星空神迹般的美，是另一种窒息。这种神迹般的美丽星空，在都市里住上一百年都不会遇到一次。而在这里，我却一览无余地看到了。感觉心里再无遗憾。然而，山中的夜，奇冷无比，站不了多久，便得急急回屋去。

屋里没有灯。开水只有一壶。十块钱一暖壶。一个房间只允许买一壶。我和来自广东的娘俩睡在一起，那女孩受了风寒，平时有天天泡脚的习惯，她妈妈找到烧开水的那个藏族小伙子，想再买几壶开水，被拒绝了，给多少钱他也不卖。在这缺电缺水缺食物的神山上，要烧一壶开水实在不容易。

那妈妈空手回到房间，想必也是理解的。望着那壶开水，那晚的我们谁也舍不得喝，第二天转山时带着，那是要用来救命的开水。饿了随便咬几个饼干，吃上几块巧克力，便脱了外套上床睡觉。但实在是冷，又把外套全都穿回去，再钻进被窝里，还是冷。

由于寒冷和缺氧，我们都没有睡着。那女孩整晚咳嗽。我和她妈妈都担心她第二天走不了。虽然大家还没完全入睡，但实在是疲惫至极，神志和身体都处于迷糊和涣散状态。没有力气说话，也不想动。就这么各自静伏在床上。偶尔有人一个转身，或一声叹息，便都知道对方还醒着。

天亮之前就要出发。想起来就会有深深的恐惧。只能紧闭双眼，拒绝去想。夜越深，氧气越稀薄，呼吸困难，头痛胸闷到窒息。

那一夜，每一分钟都是折磨，每一分钟都是煎熬。

突然会出现幻觉。突然会崩溃。突然会没有了方向。突然会想哭。突然会问自己，为什么会来这里，为什么？到底为了什么？

但已经来到这里，就跟那头死在乞里马扎罗雪山上的豹子那样，没人能够说得清楚为什么。

凌晨五点，我们整装出发。小雅再次叮嘱我们，离开止热寺，就是又陡又险的乱石坡，被称为"地狱坡"。大约有十公里这样的路，要尽量坚持一口气往上爬，不要过多停留，直冲顶到五千七百米的卓玛拉山的垭口，就往下坡走了。要是一口气冲不上卓玛拉山垭口便崩溃，可能就会永远过不去。因为那段被称为"地狱坡"的路，事实上并没有路，全都是乱石。万一出了什么事儿，急救车到不了，飞机也飞不上来，手机仍然没信号。所以，要保证自己安全下山，全靠自己。

人是这样的，处于安全温暖的家中，想着外面的世界可能会发生的那些危险的事，会心生恐惧，会越想越怕。然而，当你果真到达那个险境回不了头，也没有选择的余地，便无所畏惧了。只听凭一股力量，牵引着你往前走，带你去发现、去经历、去冒险、去到你想象不到的另外的那个境上，直至生命结束。

走出止热寺，冷风呼啸着往身体里灌。天黑得伸手不见五指。满天的星星都躲了起来。地上积了一层薄冰。我们的额头上都戴着一盏头灯，在黑夜里闪烁晃动，照不清前方，也照不见来路。只觉得一路打滑，如履薄冰。

开始时，我们几个人自然而然地走在一起。但走上乱石坡，根本就没法相互照顾。差不多七十度的陡坡，我们要在巨大的乱石之间绕行，好多时候，都无法直立行走，不得不弯下腰去或者趴下身体攀着岩石往上爬。手摸在结冰的岩石上，冷气隔着厚厚的手套往里钻，刺骨般寒冷。

在这种情形下，我们不能允许自己出现半点差错，要是一不小心脚下打滑，完全有可能会人仰马翻滚下山去。只能靠着自身力量，一点一点往前挪移。不敢扭头朝身后看。若是一不小心滚下去，谁都不会知道你滚向何处。

爬行了一段坡路之后，我们几个人都已各自分散，在黎明前的漆黑里，我们根本看不见对方在哪里，谁都管不了谁，也不指望谁会来照顾自己。每个人只能靠自己。

好在是个大晴天。除了从雪山上刮过来的一阵又一阵凄冷的风，没有下雨，也没有下雪。曙光慢慢照亮了神山。

终于迎来了白天。在有光的山路上，走着走着，会突然想哭。

身体渐渐热起来，手脚也灵活了。只是喘不过气来，浑身冒着烟。也不知休息了多少回，但都只是稍作停留，不敢坐，怕一坐下去，真的就起不来。

走过一段陡峭的坡路，前面出现了一条曲曲绕绕的羊肠小道，拐过几个弯，忽然便撞见日出。日出时的神山，光芒四射，令人目眩神驰。瞬间就被眼前的景象打动。真想高声欢呼，却没有欢呼的力气，感恩之情只在心底暗自奔涌。

身边不时有转山的圣徒，口中念着六字真言。他们经过时，会投来疑惑的一瞥，便匆匆超越我，走向前方。他们个个身穿拖地藏袍,却走得快而轻松,就像我们平时穿着布鞋在小区或大街上闲庭信步。

海拔越来越高。卓玛拉山口一抬头就可看见。它就在眼前,但就是走不到,永远走不到,永远就差那么一大截。坡道又开始变得窄小陡峭起来。心跳一直在加速,血液涌上来,头晕,胸闷闷的像绑着块石头。要是身边有块空地,可以让我躺下去,我永远都不想再起来。但咬咬牙,还是要坚持爬上去,死也要爬过卓玛拉山口去。

很多个瞬间,有个念头突然就会蹦出来:不走了,坐下来,或躺下去,真的走不动了。每当出现这个念头,身体就开始摇晃,就只想倒下去,想死的心都有。但又有一个声音在对我说:坚持,再坚持,你一定可以的,你要一口气爬上卓玛拉山口,不然你就得永远留在这里,你要好好的,活着回去。

我不想永远留在这里。我还不想死。那么,只有往前走。坚持。坚持。再坚持。

身体就在崩溃边缘,仿佛随时就可消融。唯有坚持。

终于,抵达一大片舞动的经幡,意识到这里已经是传说中的卓玛拉山口的时候,我的心都快跳出来了。

激动是在所难免的。可是,我强忍住没有哭。哭是需要力气的。在五千七百米高的山口,我只是安静地让自己坐下来。仰望。带着感恩的心。

抵达这座山口，于我真是奇迹。在这以前，我从未想到过我会走到这里，但今天的我却真的就走到了这里。我自己也成了奇迹。满山的经幡呼啦啦飘扬着。经幡的尽头是一个天葬台。一些灵魂从这里去向天堂。

我恍惚觉得，这里已经不是人间。

翻过卓玛拉山口，一直都是下山路。我只知道，下山的路要比上山路更长，没想到居然会更难走，也许是体力透支了的缘故，每往下迈出一步，双腿沉重如铅，总是找不到着力点，仿佛一不小心，人就会向前滚落下去。原来这段路，才是传说中的"地狱坡"。

转山路上，在海拔五千七百米的卓玛拉垭口

此时此刻，我所有的力气和意念，全都用在走路上。一心一意往前走。我不断提醒并告诫自己，在这里，你只能靠自己。

我回转身，再次望向庙宇般的神山之巅，那里白雪皑皑、威严肃穆，它是永恒本身。世人只能绕着它转啊转啊，至今从未有人攀登上它的顶峰。那么多人历尽千难万阻抵达此地，只为转山祈愿，洗涤业障。而有些人，却只愿在转山途中，升入天堂，从此超脱重生。

来这里的人们，在他们心里装着信仰、天堂和永恒。死亡因此变得意味无穷，甚至丰富多彩，而不再是我们世俗的理解，单调乏味，或者是痛苦，灾难，是不可面对的一件事。

如果说，那段陡峭的"地狱坡"，是对体力的一种挑战，让人走到几乎绝望崩溃，但咬咬牙，还是硬拼着走下来了。以为这趟苦行就快结束。然而，从陡坡下来的那段绕山路，却漫长得令人绝望又绝望，人称"绝情弯"，直接就是对精神和意志力的一种摧垮。

原来走貌似平坦无险的"绝情弯"，要比走"地狱坡"更考验一个人的意志力。战胜遥远和漫长，从来都比战胜凶险更艰难。

每次都以为，走过这道弯，就会看到塔钦了，就可以走回塔钦去休息了。可是，绕过一道弯，还有一道弯，再有一道弯,无数道弯弯,走不完的盘山路,绕过一弯又一弯,让人崩溃无望到想哭。然而,实在没有力气哭。只能命令自己走。一直走。不想死在路上。就只能走。直走到双腿打颤,走到身心俱疲,走到浑身冒烟,走到眼冒金星,走到昏天黑地、天旋地转,直走到,生不如死。

这一路,漫长如人生。

走过这一路,才知道什么叫挑战,什么叫克服,什么叫极限。直至傍晚时分,才两眼昏花地走回塔钦。

这一天,整整走了十四个小时。加上第一天走的时间,总共走了二十三个小时。

终于,走完全程。圆满下山。

当我站在塔钦,回首神山之巅,再也没能忍住,转身之际已泪流满面。这刻骨铭心的转山路,生命中再也忘不掉抹不去的两天一夜。

那天晚上,我又一次看见令人震撼的夜空,繁星似雪,背景是一尘不染的蔚蓝苍穹。大美无言。任何词语都难以表达那晚的夜空之美。我唯有带着感恩和敬畏之心,久久仰望着这份大自然馈赠的神迹。忽然怀疑,自己是不是已经离开了地球?呈现于眼前的景象,它仍属于地球吗?

分明是满天星星璀璨,却无端端地想起雪花纷纷:"漫天干雨纷纷暗,到地空花片片明。"

犹如仙境。犹如梦幻。又如"空花佛事，水月道场"。

一路走来，所有的勇气、堕落、痛苦、追求、情爱、希望、怨恨、抗争，与种种放不下的情结，皆在刹那间破灭消散。一切所执的事物，都不过"唯是梦幻"的力量。

茫茫然走来，与我相遇的，竟是一场幻化般的"缘觉"。所有的转山转水，最终抵达的皆是幻觉般的"菩萨地"。

在幻境般的神迹面前，我仿佛又看见了那头死去的豹子——那头海明威笔下的非洲豹子。他让它爬到五千多米高的乞力马扎罗雪山上去送死。在那个故事里，他又安排小说里的主人公哈里死于一个梦境："他乘着飞机，向非洲最高峰——乞力马扎罗的山顶飞去。"

在转山途中，我重新认识了生命和死亡，我似乎看到了它们的另外面目。此刻的我，只想把我的这段经历记录下来，告诉人们，在我们的生活之外，还有一些人，正在过着我们无法想象的生活，经历着我们永远想象不到的经历；以及，在这个世界上，还存在着一种比活着更丰富、也更深刻的死亡。

在西藏,很多事情你不能不相信,神就在你身边

缘起缘灭自有时

藏族人信奉马年转山，羊年转湖，十二年一轮回。2014的马年我去转了冈仁波齐神山，圆满了。今年羊年的这个夏天，我又到达西藏。

我这次是来办事的，时间上并不十分充裕。但我还是想挤出两天时间去圣湖纳木错，去跟藏人一起转湖。

转湖在西藏是件非常隆重的活动。藏传佛教徒深信，转湖可得到无量的功德和渊博的知识，并能舍去自己的恶习和痛苦。据说，如果在其他地方修行一百年可以成佛的话，在纳木错修行只需弹指之间。

我是在决定出发的前一天下午才开始联系车子的，要在短短半天时间内租到车的可能性不大，我打了好几个电话，都说没有。要是没有车，就意味着去不成。但我心里却有一种奇怪的直觉，我感觉总有一辆车子会从天而降，助我达成心愿。事实上，直至傍晚，我也没有联系到一辆车。我去玛吉阿米吃了碗酸奶，一边吃酸奶一边想，要是真没有车怎么办，真就去不成了吗？若是等下次，就有可能错过羊年了。

酸奶还在吃。一位未曾谋面的朋友来电话，说车子已经帮我联系好了，等下司机会电话我。谢天谢地，果然有车子"从天而降"。

等到藏族司机打来电话，和我确定出发时间和地点的时候，已经是夜里十一点多了。不过在等待的过程中，我心里很踏实，一点也不怀疑会有变故。我知道藏族人办事不着急，可是说好的事，一般都不会变。

司机和我约了第二天清晨六点在路口等。我没想到夏天拉萨的早晨会这么冷。我是在五点起的床，五点三十分我就到大堂吧，从大堂吧到约定的路口走过去也就五分钟。我一般都比较守时，不喜欢晚到。睡大堂吧沙发上值班的是两个藏族小姑娘，我好不容易叫醒她们。她们用了十分钟磨磨叽叽从沙发上坐起来套上鞋子，又用了十分钟嘀嘀咕咕不知在商量什么，就是没人为我去开门。

我等啊等，终于等急了，催问她们为什么就不先为我开个门再回去嘀咕。要命的是她俩都不会说汉语。后来，有一个跑开了，用藏语在大声叫唤着谁的名字。再后来，拿了一大串钥匙过来，才知道钥匙并不在她们身上。看到钥匙我松出一口气，终于可以放我出去了。可是，这么多钥匙，居然没有一把是对的。她们试了这把再试那把，就是打不开。时间已经到了六点整，我仍然被关在沉重的精美雕花的藏式大门内望门兴叹，不知何时才能跨过重门而去。后来，老板醒了，老板他爹也醒了，父子俩齐心协力找对了钥匙，门终于打开了。

门打开了，我还是不能走。为了表示歉意，老板他爹转身去房间高举了一条哈达出来为我戴上，祝愿我转湖平安、圆满归来。我双手合十谢过，来不及多客套，飞一般跑出大门。

冷空气扑面而来，冻得我一阵哆嗦，没想到外面这么冷！我背着双肩包，脖子上飞扬着洁白的哈达，快步向路口跑去，跑得气喘吁吁。我安慰自己，这个早晨我可是个被祝福过的人，但愿司机晚到几分钟，千万别在路口为了我焦急地等待。

跑到路口，空无一人。司机果然还没来。我松出一口气。扫街的大妈在晨曦里挥舞着巨大的扫把，她竟然穿了件深蓝色羽绒服！而我却只穿了一件单薄的连衣裙，连裤子都没穿。我抱紧自己，两只脚不由自主地拍打地面，冻得发抖。好在几分钟后司机把车停在了我身边。要是他再晚到些，我想我真会冻出病来。上了车之后，才知道司机先去接了别人，所以让我多等了几分钟。司机说，纳木错那边温差大，你这点衣服只够在太阳出来时候穿,到太阳下山,天黑下去,你会活活冻死的。他带我找到一家专门租衣服的小店。

当我租好棉袍,坐进车里的时候,我想到了那两个藏族小姑娘,要不是她们拖延了我大半个小时,把我关在暖暖的屋子里,在这奇寒的清晨,我可能已经冻僵在拉萨街头了。遇见她们,即是我的善缘,是神的旨意。

在西藏,很多事情你不能不相信。神,它就在你身边。

圣湖纳木错

圣湖的天黑和孤独都很美

....
....
....
....

从拉萨出发,四个多小时之后,终于见到了圣湖纳木错。

天空湛蓝,白云一朵一朵飘在湖面上,干净得很不像话,仿佛走进了遥远的童话世界。看见一些藏传佛教徒沿着圣湖边五体投地磕长头。据说,以这样的方式和速度得花去一个多月,甚至更长的时间,才能把纳木错转上一圈。而对于我,一个俗人来说,更多的只是来完成一个仪式。

藏族司机开着越野车,带着我们绕着湖转圈。从早上狂奔着开到傍晚。夜里睡在湖边的帐篷里,第二天接着开车沿湖边狂奔。我想,我们这些到纳木错来朝圣转湖的外地游客,在那些当地的佛教徒看来,一定是滑稽可笑的。我们大概是一群毫无意义的人。

第一天,沿着圣湖顺时针方向开车转到天黑。湖边的帐篷是藏民为游客准备的,那里的海拔接近五千米。我背着旅行包进入一顶黑帐篷里。那晚的帐篷里,要住七个人。有男的,也有女的,都是一些来自全国各地的驴友。我只

某个春天的下午,
一个人走过湖畔,
听见湖面冰裂的巨
响,清脆而壮烈,
可以传至数里之外

认识我自己。不认识没关系。出门在外有缘走在一起何况又是在神迹般的圣湖边,几句寒暄过后便都是朋友了。

那个夏天的夜晚,我穿上租来的棉藏袍、披上大棉袄,走出帐篷去看满天繁星。有几个女驴子说好了一起去看星星的,但由于高原反应体力不支,早早便躺下休息了。两个刚认识的小伙子在寒风呼啸中陪我一起看。我们三个人仰起脖子在湖边走走又停停,寻找着天空中最亮的那颗星,又分别辨认着北斗星、启明星、七斗星、牛郎织女星……

其实，我们在寻找的都是属于自己的星空。那一刻，我们在各自的世界里看见了不同的繁华和孤独。

圣湖的天黑和孤独都很美。

同一个夜晚，女儿正在校园晚会上用吉他自弹自唱一首英文歌曲《飞去月亮》。晚会结束，她用手机传过来现场的照片，并用清脆甜美的声音哼唱给我听。我就站在繁星点点的夜空下，女儿离我好近，又好遥远。有一种幸福和伤感同时降临。转瞬间泪已爬满脸庞。手机还贴在耳边，大地无声，我仍然极力仰着脖子，璀璨的星空在泪眼里变幻无穷，亦无常。

天蒙蒙亮时，有人悄悄潜出帐篷去看日出。而我睡过了。

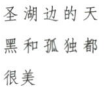

圣湖边的天黑和孤独都很美

醒来，发现帐篷外结了薄薄的一层冰花。踩在上面会有轻微的冰裂的声音。这是发生在夏夜里的冰花。

纳木错的水是蔚蓝色的，就如深不见底的清澈的大海。它位于西藏自治区中部，是西藏第二大湖泊，也是中国第三大咸水湖，是世界上海拔最高的湖泊。因此，纳木错也被称为"天湖"。

十年来，我分别在不同季节到过纳木错。春夏秋冬的景致迥然不同。它不仅随着季节的变化而变化，也随着日出日落、风起云涌而变化。纳木错从来都是瞬息万变的。最令人震撼的是，每年藏历元月十五日左右，一天之内整个湖面便会结冰封冻，直到藏历年四月十五日左右，同样会在一天之内冰裂融化。

记得有一年春天的下午，太阳直射着念青唐古拉山上的积雪，也照耀着沉睡了一个季节的纳木错。那时的我，借了藏族朋友的车，一个人开车到纳木错，一个人走过湖畔，听见湖面融化时冰块裂开的巨响，清脆而壮烈，可以传至数里之外。之前，我从未听见过世界上居然会有这种声音。仿佛来自天外。

整个下午的我，完全沉浸在另一种意识的天堂里。我看见了天堂。也看见了地狱。穿着藏袍的圣徒们，不断地经过我，沿着圣湖磕着长头，渐行渐远。每次看到他们，我会心生感动，也会莫名地心疼。偶尔，他们也会坐下来休息。对我投来好奇的目光。目光里有平静的喜悦和幸福。当我在心疼他们的时候，他们却对你投来幸福满足的微笑。

想起弥尔顿的一句话：意识本身可以把地狱造成天堂，也能把天堂折腾成地狱。

— 2015

终于走到圣象天门

塔钦的夜真是长而安静的

....
....
....
....

从来没有想过，我会一个人在神山脚下住下来。想起那些日子，仍然有种不真实的感觉，宛如一个梦境，不太相信那是真的。

这里叫塔钦，坐落在冈仁波齐峰下。村子里没有网络，没有电话，没有电视，仿佛时光倒转，让我回到了远古时代的某个部落里。在这里，连鸡鸣都听不到。鸡在这儿无法生存。只偶尔有几声狗叫的声音。人们的作息时间完全由日出日落而定。

高原的太阳落得很晚。我住的小旅馆，一般都会在晚上八点以后，开动柴油发电机，这是最接近现代的声音。我的小房间里，便会有微弱的灯光亮起来。我借着这点灯光，进行简单的洗漱和打理，匆匆上床。在半小时或一小时之后，柴油发电机停止工作。灯光消失。

夜，真的是长而安静的。我能听到窗外的月光，硬是从木窗的裂缝里一点点地挤进来。身下的单人木床，用不着我

神山脚下的圣湖玛旁雍措

转身,兀自也会发出一些"吱吱"的声音来。那宁静,真的能轻易让人哭出来。

太阳升起的时候,我会从小旅馆里走出去,隔着阳光看过往的人。他们的生活很简单,个个气定神闲。

我每天总会沿着溪水走上一段路,溪水静而浅,但它却永不干涸。清水汩汩地流着,发出魔幻般的声音。它是由冈底斯山上的积雪融化而来的。那清澈的溪水,快乐地流转着,经过这个叫塔钦的地方,流向荒原,最终汇入玛旁雍措圣湖。

在一个秋天明亮而寂寞的午后阳光里,我抱着酸痛的双腿,坐在溪水边,看眼前的冈底斯山脉。那厚厚的积雪,在天边画出一条漫无边际的曲线,在阳光深处闪着耀眼圣洁的光。云在雪峰深处飘移而过，像变幻无常的白色旗帜。

有人在溪水边，慢腾腾地打满一桶水离去。有人躺在不远处的帐篷外，大晒着太阳。那时，我的心里全是羡慕。看着被阳光晒黑的健康简单的人们，我曾非常羡慕以至于有点悲凉地想，如果我也能够生活在这里，像他们一样闲适简单地活着，就太好了。这是货真价实的自由。这样的自由，在我心里熟悉得就像我前世过了一辈子的生活。这是一个远离世俗纷争的另一个世界。我觉得我三十年的南方都市生活，被一只神奇的大手轻轻一抹，就不见了。

我爱这个地方。然而我不能够为了这个地方放弃一言难尽的生活。就算在这里再留得长一点，也做不到。虽然我明白，物质不能最终吸引我，但我仍然无法做到全然放弃。

几天后，无法排遣的寂寞和思念倾盆而来。我神经质地想家，想离开这个地方。我知道，这里的雪山它不属于我。它只属于生活在这里的人们。它的神性像旗帜一样，只会在信徒们心里高高飘扬。而我，永远只是一个过客。我没有勇气在这个雪域里生活。它于我来说，是一个走不进去的荒原。

我意识到我是一个失根的人。在故乡时，我曾将此处描绘得如童话般美好和浪漫。来到这里，我又想回到故乡去。我是个没有地方可以让我皈依的人。我不知道我的精神家园到底在哪儿。我只能倾听并服从自己内心里发出来的一些声音。

那天下午，我一个人坐在山脚下晒太阳。一个提着水桶的男孩走过来。男孩瘦瘦的，脸庞黝黑得发亮。看到我时，他将木桶放在地上，用好奇的目光打量我。我指指他桶里的水，问他是从哪里打来的。他朝身后指了指，顺着他所指的方向，我看到不远处有一条溪水。我在包里找出几颗糖递给小男孩，他愉快地接过了。

小男孩带我走进一座低矮的小土屋，没想到那个土屋子里挤挤挨挨坐着七八个人，正准备吃饭。他们的脸膛个个黝黑，非常热情地迎上来。其中有一位青壮年，居然能讲几句汉语，想必是那男孩的父亲。他的辫子长长地垂在肩上，没有像那些当地人那样将它盘在头顶。由于长时间没有梳洗，看上去非常脏乱而毛糙。

他邀请我一起吃饭，并叫他的妻子盛一碗饭给我。他的声音听上去冷硬而干脆，有点命令的味道。

我的肚子确实饿了。但我没想到，我会在他们家里吃饭的。小男孩将糖分给了其他几个比他更小的孩子。我看到他们并没有将糖吃掉，而是悄悄放进了口袋里。

土屋里有两个窗，窗台上种满花，藤蔓缠绕着窗框往上爬，那些花朵就挂在藤蔓上，也开得摇摇欲坠的，和哑巴喇嘛家里的花一模一样。我坐在靠窗的位置上，由于酥油的腥味有点令我气闷,想去开窗,却无从下手,因为我怕不小心弄断了花茎。

男主人立即过来,神情有些紧张,他告诉我最好不要去开窗,说那会弄伤了花朵。那么,整整一个花季,他们都不曾开过窗!

吃饭的时候,一大家子并没有围坐在一起。他们没有桌子。每个人盛了一碗饭,随便往哪一坐,就埋下头吃饭。我从女主人那里也接过一碗饭,是一碗牛肉饭,牛肉切成大块大块的,有一些汤汁在碗底。牛肉的香味立即飘满了整个屋子,酥油的腥味淡了下去。

男主人在吃饭时,问一些我从哪里来,有没有打算去转山,是否到过圣湖等的问题。在我们聊天的时候,其他人便

2005年在塔钦

各自吃着饭,聊着与我们不相干的一些话。有一会儿,我静静听他们说话。他们的声音像水一样漂浮着,在这样一个陌生的土屋里,听着熟悉柔和然而就是不懂的声音,思想会有一种奇特的活跃。然而,我深知,我无法走进他们的内心,就跟他们也无法走进我一样。我们的很多交流,就像风对于关着的门。

我们在吃饭的时候,还有一只猫和一只狗,我发现它们吃的也是从大锅里盛出来的牛肉饭,和我们碗里的一模一样。猫在窗台前爬上爬下,在墙边蹭来蹭去,但非常奇怪地,它就是不会去抓那些花朵,也不会去碰伤那些藤蔓,经过训练似的。还有那条狗,慢条斯理地吃着饭,对我这个陌生客人的到来,既不抵拒,也不欢迎,只看了我一眼,便闷头吃它的饭。它的目光看上去沉静而深幽。一点也不像我在城市里遇到的那些狗,见了人过于亲热或过于狂躁,善于在人前装疯撒欢,谄媚讨好。也许,能够来到神山脚下生活的狗,也具备了非同一般的气质和灵性。

在这块生命几乎绝迹神的山脚下,想必动物与人的关系,早已不再是一般意义上的朋友了。对于这里的人们来说,只要能够存活下来的,不管是动物或是植物,互相之间都会有一种无须言说的默契和尊重。

— 2016

千年秀巴古堡

撑起庙堂的女神

....
....
....
....

冬天。下午。我来到千年秀巴古堡。走进形同朽木的丛林之中,林间泛出清冽死寂的光。时光倒转。带我回到唐朝,回到地老天荒遍地传奇的年代。

千年前的烽火台已成遗址。有古老的风在身边穿越,还有静止不动的时间。有些声音藏在某处。但我听不见。恍惚中,觉得自己成了一缕魂魄,可以就这样永生永世地走下去,走下去。

我不知道这个女人是何时出现的。一个如时间一样苍老的女人,忽然便站在我面前。她迫使我去相信,有一种人,她并不属于自己。她属于大地。是时间本身。

她热烈地向我招手。我随着她走进她的家里。墙已风化,这里的每一块砖和每一块石头,随随便便就能将你带回远古,带回唐朝,带回你从未描述过的梦境里。

我环顾四周,这哪是家啊。这应该是庙堂。它的古老,让我不得不想起庙堂。啊我不能老是走神。我坐在椅子上,不，是一截千年朽木上。高原的阳光明明暗暗地，在我们身上晃来荡去。我在阳光下和她老伴聊天，喝青稞酒，帮她生火烧炉子……

多么明亮的下午啊！我们一直在笑着，忙着，聊着。她递给我一碗酥油茶，又端给我一杯青稞酒。虽然，我们什么都听不懂。但是，但是我还是那么认真地"听"着。

我叫她"阿婆"。但是阿婆听不懂。她不会知道阿婆是什么意思。只要我开口叫她，她便咧开嘴冲我笑，顺带说出几句绵软的我听不懂的话。她上了岁数的嘴里，已古老得只剩下舌头了。所以她再也不用刷牙。

这个下午，我恨不得立即掌握她的方言，听她讲述所有她想倾诉的话语。我相信她肯定能讲出一针见血的话。因为生命和时间本身，一定给了她太多的领悟和觉醒。

在这荒芜的世界里，我愿意相信，这个家就是一个传说中的庙堂，她就是撑起这个庙堂的女神。阿婆沧桑的脸，以及她那古老的舌头，让我奇怪地想起一句话：枝繁叶茂的树木从来都没有资格支撑庙堂。

- 2007

歌在轻唱,舞在猛跳,那天的云和风里,都是祝福

注视一场婚礼

在太阳落山之前,我赶到了工布尔日多村,赶上了这场婚礼。

我不会跳藏族舞蹈,但我加入他们。随着他们齐声喊出的节拍舞动身体,火焰在每一张脸上跳跃,闪着光。烟雾在黄土坡上弥漫。我相信此刻,神也一定会在场,给新郎新娘带来祝福!

受过祝福洗礼后的新郎坐回屋里,脸上有抑制不住的喜悦。他为我倒酒时,我不敢多看他。他脸上的喜悦太令人感动。他们的婚床上,堆满洁白的哈达,洋溢着祝福。新娘为我戴上哈达。远方的客人在他们眼里,就是神派来给他们捎去祝福的人。

藏人个个能喝酒,而且善于劝酒。一口气喝下三杯青稞酒,人开始有点飘,脸微微烫。

明明在注视一场婚礼。然而,一转身,眼里却撞进一大块空。

歌在轻唱，舞在猛跳。那天的云和风里，都是祝福。

我在满满的祝福声里告退。转过身去，看到落日恋着山尖，亮出一小片金黄。像我夜夜咬破的灯光。

我抬脚走开，笑声退远，我的脸已渐渐平静。

— 2008

落日恋着山尖，亮出一小片金黄，像我夜夜咬破的灯光

属于季节的女人

....
....
....
....

每天的黄昏,是天堂打开大门的时候——我记得不知是谁说过这样一句话。而狮泉河的黄昏,是向旅行者打开的自由天堂。

狮泉河是阿里地区的首府。藏族司机米玛告诉我们:"你们城里有的,这里几乎都有。"

后来我们问米玛,狮泉河最具特色的是什么。米玛诡秘一笑,说:"这个季节她们最多,到处都是。你们城里的她们有人管,这里没有,这里山高皇帝远的,没人来管,想管也管不到。"

有她们的地方,总令人想起脏和乱,以及嬉笑怒骂和打情骂俏的场景。但狮泉河的黄昏却是极其安静的。在昏黄的街道上,我们看到艳丽的她们在理发店门前或破烂酒吧的灯影下游弋。所有理发店里的灯光,都是千篇一律的暖粉色,有一种热乎乎的温暖和暧昧。

当地人的服装是非常显眼的藏袍,而来此地开店做生意的人以及我们这些旅行者,都穿着厚实的衣服。唯有她们,个个花枝招展的,穿着令人提心吊胆的迷你短裙,露出两条诱人的光洁的长腿。看她们的神情,好像一点都不觉得冷。她们以这样的打扮,好尽快让人们发现并认清她们。

她们在这里的时间不会待太久。她们不是当地人。听说都是一些来自四川或贵州等外地的女子。一般会在七至九月份来到这里。这个季节是一年里的旅游旺季,来的游客多。她们是做游客生意的。过了这个季节,她们便离开去另外的地方。

正如米玛说的,城里有的这里几乎都有。居然有豪华的酒店,一个标准房二百四十块,里面不仅有热水淋浴,还有电视机、衣柜等设备。当我推开房门看到那一床干净的被套和整齐的床单,雪白雪白的,一下子便放了心。我已几天没洗澡了,甚至没好好洗过脸了。那晚的第一件事,便是冲进浴室好好洗了个澡。

洗完澡,感觉全身的肌肤微微生疼。一照镜子,吓一大跳,整张脸被热水一蒸,正一小块一小块地褪皮。再检查胳膊和腿,也都红红的,一块一块的皮肤起了壳,可以用手撕下来。原来连包裹在厚衣服里的肌肤在高原紫外线的强烈照射下,也无法幸免。但洗过热水澡的心情还是令人愉快的。

我约同行的花儿去逛街。她刚洗完澡,有些懒洋洋的,不想动。我说你不想去看看她们吗,满街都是啊。花儿说有什么好看的,那是男人去的地方。

我不想闷在房间里,只好一个人出去。

我出去倒并不想看她们。只是一路过来,每到夜晚,客居的小旅馆四周都是无尽的荒原,又早早地停了电,没地方可去,只能睡觉。而狮泉河的夜晚,又令我闻到了都市的气息,又是在这么一个高海拔的地区。它让我对这里的夜晚拥有了几分好奇。

街两旁有些商店,但店门关得比较早,开着的全是理发店和酒吧。理发店是她们用来招揽生意的,酒吧却是为寂寞的旅行者准备的。

夜晚的风呼呼吹着,有些冷。我经过一家又一家理发店,粉色的灯光和妖艳的她们在我眼前闪烁。奇怪的是,每一家理发店都非常安静,没有一点喧闹的声音。好像并没有什么人进出于粉暖的灯影之下。

我在一家"春妹发廊"前停下来,很有想进去看看的冲动。两个女孩斜倚在店里的双人沙发上,穿着低领的薄羊毛衫和超短迷你裙。还有一个坐在店门口的椅子上,裙子更短,领子开得也更低,稍一低头便能看到她诱人的酥胸。她坐在那儿,有一张很安静的脸。仔细看,她的眼睛却不静，有点渴望，有点失望，有点紧张，又有点无聊。灯光下，她的眼神甚至有点凄迷和忧伤。

我无法解释这样的凄迷和忧伤。也许可以用茨威格的小说来解释，或者用弗洛伊德的心理学来解释。我只觉得她们不应该属于这里。她们原本也不属于这里。她们只属于季节。也许会有游客从那扇门走进去，又从那扇门离开。我不知道，在一个个离去的男人的背影里，是否也会在她们心里留下稍纵即逝的爱情。或者，爱情两个字，对于她们来说，只是闪动在彼岸的梦影。

而她们，安安静静地坐在那里，款款动人地坐在那里，坐在秋天昏黄的意象里，像守望本身。

— 2006

雪域酒吧

那晚,我去了雪域酒吧。

我也说不清楚,为什么在这个晚上突然想起要去酒吧。酒吧和咖啡馆比起来,我更喜欢咖啡馆的安静。但那晚我却选择了去酒吧。掀开厚实的布帘,立即有一位藏族小伙迎上来,将我领至一个空着的位子上。酒吧不大。差不多六七张桌子。零零星星地坐着一些人。音乐是那种猛劲的藏族民歌,没有一点儿都市的甜腻和媚俗。音量不高,恰到好处地压下了人们的高谈阔论。

刚进去,一开始有些不自在,有一种误入了别人家的不自在,于是装出一副只是路过来歇歇脚的样子,以抵抗来自心里的陌生感。但坐下来后,那种感觉便完全消失了。

我点了一听雪域啤酒,听听音乐,看看萍水相逢的人们,特别的自在和舒展。坐在那里的我,是一个没有任何背景和往事的女人,处于一种完全放松自由的状态,有点点安静的愉悦感。人们交谈的声音和音乐像水一样在空气中漂浮着,感觉柔和而不寂寞。

看着那些行为各异进出于酒吧的旅行者,觉得他们像极了沉于河底缺氧的鱼,纷纷跃出水面,来到这个高原缺氧的地方,来呼吸另一种氧气。这里是可以让灵魂为所欲为的地方,这里的自由和美丽,像梦想一样吸引着他们,还有我。我的思维在那一刻变得特别活跃,很想身边有台电脑,可以让我敲打出一些美丽或奇异的文字。

酒吧里的桌子渐渐坐满了人。来的人十有八九是来旅行的。我右边是张大桌子,坐着四个男的,一个女的。那女的显然是他们叫来取乐的。她那么安静地坐在他们中间。虽然他们和她都蛮客气地交谈着,但神情总带着点哂然。可以感觉到那女子的眉宇间有一些微妙的抵触。我突然觉得,那个女子是非常无奈的。当然,那份无奈,其实并非从那位女子身上感觉出来,这是自我暗示下的作用。身为女人,我懂得这样一份无奈。

酒喝到将醉未醉的时候,男人们总是喜欢开些关于性的玩笑,以寻求语言上的刺激。更何况有一个这样的女人就坐在他们身边。我听见有个男人在说:

"在这缺氧的地方做那种事,动作是否要非常轻柔和缓慢?动作猛了,有可能会窒息死掉的吧?"

"去试一下就知道了。"另一个男人说。

他们哈哈大笑着。那女子也跟着笑。举杯碰酒的时候,胸前松松垮垮的衣领子很像水波纹,一漾一漾的,十分诱人。

"你在做那事的时候,是否也会气喘心跳,感到窒息?"有男人问。

那女子咧嘴一笑。

立即有男人替她作答:"她们肯定已经习惯了嘛。"

我看到刚才问话的那个中年男人,他刚抽完一口烟,脸上有一种静静燃烧的、带着疑问的饥饿的神情,像烟雾一样漂浮着。

也许我的注视引起了他们的注意。我开始收回视线,装作什么也不再听见的样子。他们轻声聊了会,有一个背对着我的男子,转过身来看了我几次,然后坚决而从容地走向我。

他在我面前坐下,微笑着说,这世界真小。

天哪,我也真想说出这句话。他就是在拉萨时和我一起住过八廊学青年旅馆,并给那个美国女孩写下"几滴催花雨"的北方男人。

他说他是搭当地人的车子进来的,车还未到狮泉河便坏了。后来挤上一辆货车到了这里,已住了三天了。他说他不敢再单独行动了,想在这里重新结伴找车。

我笑着说,在这里多住些日子也不错啊。很随意的一句话,可在当时的场合说出来,却令他有了些不安和尴尬。

他说,如果有车早走了。他还告诉我,他和那一桌子人并不是一伙的,是刚刚在餐馆里吃饭认识,一起来泡吧的。

然后,我们很自然地聊起来。他说他叫阿泰。我说叫我小雨好了。他说小雨是个很轻柔很有诗意的名字,带点江南味。而我那时却想起痞子蔡笔下的那个阿泰,如果是那个阿泰,那么坐在他面前的女子,应该是轻舞飞扬。而我不是。我是小雨。那么坐在我面前的应该是个怎样的男子呢?我突然想笑。我不知道我怎么会想起这些的。我想我希望坐在我面前的,反正不会是阿泰这样的男人。他的胡子很长了,他已几天没刮胡子了。我突然想起他在八廊学的房间里刮胡子的样子,还有那个叫 Lucy 的美国女孩。

你在想什么?阿泰问我。

我说没想什么。

一个人出来很孤单吧?阿泰又问。

我说是啊,一个人出来多少总有些孤单的。

于是,他也接着说是啊,肯定会有些孤单的。

他说他都很多年了,一直在外面跑。旅行给他的感觉,有时辽阔,有时恐惧,有时也会令人窒息。对于旅行的向往和回忆,总是美好的。但在旅行当中,却很艰难……说着,他的眼睛里突然有了一抹伤感,还带着一点点的狡黠,他说:"那种艰难,只有我们旅行的人明白,我们不知道自己是得到了,还是失落了。"

坐在我面前的这位男子,突然令我觉得非常的陌生而又熟悉。两个旅途中的人,卸下了一身的背景和内容,隔着两杯琥珀色雪域啤酒讨论生活话题的时候,生活突然就变得异常的含糊,又异常的清晰。

在经历了太多美的新的风景以后,就像一个人长期处于一个紧接一个的情感刺激中,情感终于会被拉得太紧而失去了张力。我看到他脸上的疲惫和带些漠然的表情,那是流浪人才有的气质。

出来旅行是我们每个人的梦想。而坐在我面前的这个男人,却让我想起那个把自己的新年花炮都放光了以后的小孩,看着满地的残红,满心满肺都是失去的茫然和空落。

邻桌的人走了,带着那个女人走了。他们走过来问阿泰去不去。阿泰说你们去吧,我们再坐会儿。

阿泰看着他们离开,然后转过脸来对我说,他从未做过这样的事,但等他不再年轻,也不那么有羞耻心的时候,他也许会为自己去找这样的女人。

我非常诧异阿泰的说法。我一直以为浪荡的人,大都是年轻的血气方刚的男人。

而阿泰却以为,年轻的时候有太多的事情需要去做。

只有等感觉自己老了,不再有年轻时的理想主义了,生活越来越乏味,思想也行将停滞的时候,才需要将所有欲望向外物质地倾泻。真正充满活力或感觉自己有爱的能力的男人,是不会去找妓女的。如果一个男人要靠找妓女来充实自己,以此来与空虚的生活作反抗,那么,他一定已经老了。

不知不觉间,我们沉默了下来。有一种静伏的忧伤,出现在我们之间。

我说回去了吧。

阿泰说好的,我送你。

我说我喜欢一个人走回去。

阿泰笑笑,他说其实他也喜欢一个人在夜里走回去。

我们在酒吧门口说再见。虽然我们都知道,永远都不会再见。

路边的发廊里,依然亮着粉暖的灯光,她们艳丽的身姿在发廊门口游弋。夜幕掩没了归途,我走在寂静的街道上,只有寒冷的风从我身边穿过。

我想起阿泰那张疲惫和漠然的脸,以及他说的那些话。之后,我想起那个中年男人,他那静静燃烧的带着疑问的饥饿的神情,像夜雾一样弥漫在我的心间,久久无法散去。

- 2006

走进消失的古格王朝

....
....
....
....

抵达古格那天,正是中秋。如果不是一路险阻,我们早该到达的。但冥冥之中,仿佛早有安排,安排我们在这样一个本应是家人团聚的佳节里,与古格会晤。

雨过天晴,阳光普照大地。呈现在我眼前的,是一片废墟,废墟上高高屹立着几座土堡。那是一座空城!

废墟和空城,它们本身就令人心惊肉跳。我朝遗址方向一步步攀登而上,我的心咚咚咚地狂跳着。有一种震撼穿过千年的时空,直抵我的内心深处。我相信这种震撼,还会持续下去。

终于站在古格遗址的那一刻,对那一路上所遭遇的艰难险阻,忽然便心存感激。我知道,如果一步踏入就能如愿以偿,反倒会令我遗憾。这是一个离群索居天堂般的所在。它是如此俯视众生,又如此地隔绝众生。这是一个不容轻易进入的所在。

公元十世纪,吐蕃王朝崩溃瓦解后,一个落难王子,

札达土林

率领亲随逃往此地。他就是吐蕃王朝末代赞普朗达玛的重孙,基德尼玛衮。

当时,他被安居在神山圣湖之间的象雄土王扎西赞接纳。没想到,曾经是吐蕃王朝臣属国的象雄遗民,将基德尼玛衮视为神明。因为他身上具有吐蕃王族的高贵血统,以及他所代表的西藏腹地的文明,也令他们满怀敬仰。扎西赞土王毫不犹豫地将女儿嫁给基德尼玛衮,并让他继承家园。

　　落难王子,绝处逢生。基德尼玛衮没有辜负老土王和象雄人民的重望,恢复了信心,重整旗鼓,逐步兼并了西藏西部这片辽阔的地区。

　　基德尼玛衮生下三个王子,他们沐浴着雪山之水,在阿里高原慢慢长大。通过几十年的励精图治,基德尼玛衮的幼子德祖衮,终于成了古格王国的开国赞普。

　　十世纪中叶至十七世纪初,古国王国雄踞西藏西部,弘扬佛教,抵御外敌。但在七百年之后,这个曾经拥有过辉煌历史的古格王国，却突然间神秘消失。连古格文明也随之消失得无影无踪，像是从未存在过。就像美洲玛雅文明的消失。成了一个永远解不开的谜团。

任何一座空城，和年代久远的废墟，都有一种惊世骇俗之美。但一个凡俗人，对这样的一种极端审美的接纳，总是有限的。走在残墙断壁之间，每一步都令人惊恐莫名，巫幻森森。何况在我眼前的，又是这样一座充满神秘而奇幻色彩的西域空城。

一个王朝转眼消失，十万民众不知去向。居然没有任何具体原因。干脆利落地抹掉了一切。它在我心里突然变得很不具体。我的意思是说，出现在我面前的这座空城和废墟，很难令我消化。我想，任何一个人行走在此，或多或少都会有些消受困难。

到底是什么样的灾难，如此直截了当地让一个王朝就此毁灭，瞬间毁灭。是天灾，还是人为的战争？

曾经，这里应该是一座多么坚固的土城。它曾拥有十万民众居住。然而，它又怎会想到，突然一夜之间便永远失去了十万民众，永远失去了所有的人间烟火和日常喧嚣。而成为一座寂寞空城。

我扶着冰冷的泥壁往上攀登。那一条条暗道，一个个洞穴，曾留下多少古格人的欢声和笑语。而今天的我，每一步踩下去，却都牵连着最纯粹的死亡和毁灭。那无法消受的沉重，令人喘不过气来。

这里的每一寸泥土，每一块石头，都透着隐隐然的森寒。它的寒冷，令一个在千年之后前来瞻仰的旁观者，也依然感觉砭人肌骨。面对这样的一座空城，每走一步，都会忍不住地去暗暗遥想，然后悄悄移情。

我好像从来没有体验过这样的空与静，以及几乎令人窒息的寂寞。当我登上最高的土堡，那里原来应该是座威慑四方的城楼，见到一张石桌，桌边固定着四个石凳。我坐在石凳上休息。

忽然收到手机短信。几天都没有信号，此时此刻突然有了网络，愕然间以为是神突然降临了！是朋友发来祝中

去往古格途中

秋快乐的信息。差点忘了是中秋节了。

我坐在那里,从包里取出几天前买的一只月饼。没有水,遥望着喜马拉雅山脉,一口一口地,吞咽完这只月饼。

如果到了夜晚,坐在这样的高处,遥望一轮明月,该会是怎样的心情呢?当时的古格人,一定在很多个中秋夜,围坐在这张石桌旁边赏月聊天吧。那时的他们,又怎会知道,千年之后的这个中秋节,坐着的竟是一个来自远方的女子。

我一边吞咽着月饼,一边给朋友回信。不记得具体的内容。但我记得信里一定有古格,和祝福。

我不会写诗,也从未写过诗。但那天短信里的几句话,却被朋友当成了诗来读。一个女子安坐于一座千年寂寞的空城之上,感受一种可以触摸的空,倾听一份穿越旷古的静。此情此景,它本身就是一首绝美的诗句。

从古格红殿的天窗望出去,是一览无遗的蔚蓝的天空

找一尊佛回去

....
....
....
....

古格城堡上，保留着四座佛殿。佛殿旁边，有着众多的僧舍建筑遗迹。在这片遗迹里，以红殿和白殿面积最大。

红殿因殿堂外壁涂红色而得名，是一座平面略呈方形的藏式大殿。殿顶中间升起高大的天窗，用来采光通风。抬头从天窗望出去，是一览无遗的蔚蓝的天空。

红殿北侧更低一层的台地上，就是白殿。与红殿一样也是单层平顶藏式的大殿。但内外结构要复杂一些。殿后突出，突出部分用来主供大象。总面积为四百多平米，为古格建筑最大的一座。东墙正中保存着完好的木雕门框和门扇。门框整体分内外三层，每层的上框中间是一尊护法金刚浮雕。

古格到处都是佛。此话一点不假。

我在白殿中看到所有的墙壁门框，梁檐柱子上，密密麻麻都是佛。有单独的高僧，头上缠着长巾；身着长袍的王子；当时的苦修者；双象嬉戏。门扇上刻着梵文的六字真言。

经历了几百年风雨的木雕大门木纹显露，裂缝密布，像一幅巨大的陈旧画幅镶嵌在殿堂土红色的墙壁上。

在红殿三百五十平米的大殿内，居然有三十根红色的方木柱，每根高达五米，柱子上分别雕饰着贴金箔的浮雕佛像，和一些梵文，使得每根柱子都具有佛的法力。红殿原来的主供塑像已全部毁坏殆尽。但仍残存着须弥台座和莲座。

站在红殿仔细看，处处是佛。大门上雕刻着佛，柱头上刻着佛，天花板上的彩绘也是佛，壁画上更是充满了大幅的佛像和各类佛教造像。从外到内，从上到下，从平面到立体，到处都是佛和佛国成员的形象。

这是一个佛的世界。千年之后，看到这些残存的雕像，仍可感受到那种佛的氛围。可想而知，当年古格人对佛教的虔诚之心。

在古格殿中有一座殿名叫轮回殿，这是古格遗址中唯一不让人进入的神圣之地。听古格守护人说："打开这座殿门，便是世界的中心。"

我心怀好奇，很想进入这座殿门，去世界中心看一看。但尊重别人，就是尊重自己。我在轮回殿下驻足凝望，取消了趴在窗外偷偷去看一看的欲望。

在古格壁画佛界的人物中，最精彩也最具特色的，当属供养天女。据说这些供养天女，是天界专事供养佛祖的。这些天女形象和装饰都非常奇特。最典型的是坛城殿的天女像，头戴宝冠，长发后披，全身赤裸，四臂，耳饰大环，佩项圈，钏，镯，腰系璎珞，双乳正圆，腰肢纤细得超乎寻常，胯部往往做大幅度的扭动。这种全裸的供养天女，在西藏很多寺庙里都不曾见过，好像只古格才有。

这次在古格壁画中，又一次看到了释迦牟尼佛。在藏区，几乎所有的寺庙里，都有他的塑像。还有以他为中心或以他的故事为素材的壁画和唐卡，也到处都是。

在古格壁画中，以藏文经典的"十二事业"为蓝本，并将一些细节充分展开，以连环画的形式绘成。通过形象的画面讲述了释迦牟尼从入世到出世再到成佛的生涯。

我从没如此静心地站在这些壁画前，细细地观赏释迦牟尼成佛的故事。很多壁画已斑驳不清。守护人在我身边讲解。

他说，佛涅槃七天后，有八国王族前来争夺舍利。婆罗门平斛氏力劝众王，主张将舍利分成八份。后来众王同意将各自分得的舍利迎回建塔供奉……

原来在我们每个人的心里，都可以有一个属于自己的佛。那么，我是不是也可以，在这片神奇的土地上，找一尊佛回去？

整个空城,就像一位
仗剑不倒的武士

探访干尸洞

从殿堂出来,我又站在空城顶端,从古格城墙往下看,是浩浩荡荡连绵起伏的土林。正是夕阳西沉之际,赤红色的晚霞笼罩着大地,使得土林一半是红,一半是金黄。金黄色渐渐褪去,眼前的土林竟然满目猩红。它们像愤怒的卫士,持枪握戈向古格城涌来。

而我脚下的古格城,仿佛突然发出响亮的咆哮。我听见,我身边的五彩经幡,被风吹得呼啦啦作响。

我镇静下来。除了风声,这里什么也没有发生。可是,我却头皮发麻,一阵阵寒气从脚底下直往上蹿。我知道,我是在害怕一种气氛。

刚在殿堂里看壁画的时候,感觉到了当时的盛况和繁荣。现在再一次置身废墟,又实实在在地想起来,所有的繁荣和辉煌都已不再,所有的古格人全都不知去向。

站在古格城上,只觉得万物都变得那么遥远,只有碧蓝的天空伸手可触。而从脸上拂过的每一丝风,我都能感觉到那里有着羊皮袄飞驰时撩起的膻腥,有的阴凉,有的温馨。我知道此时在我的周围,正有无数古朴而又沉默的灵魂,他们或是和我并肩而行,或是朝我迎面而来。

我从城堡上跌跌撞撞往回走,又怕不小心惊动了身边的魂魄,一再将脚步放轻放慢。我要回到有人的地方去,找到各自走散的同伴。我们约好了,一起去探访干尸洞。

"干尸洞",也有人称它"万人坑"。那里面堆满尸骨。想来就令人毛骨悚然!

找到同伴,他们几个正坐在悬崖边上,一边聊天,一边等我。往悬崖边一站,那陡峭的崖壁又令我一阵心寒。真是几个怪人,哪儿不好坐,非得坐悬崖边上去。

原来干尸洞就在这悬崖下面,我们得从这儿走下去。他们看了看我说,如果害怕就不用去了,下面的路很难走。叫我在这儿等他们回来。

有什么好怕的!我咬咬牙跟上他们。他们有些不放心,回头说,你脸色不好。我故作轻松,对他们说,那不是怕的,是累的。

他们笑笑,互相说着小心,便爬下悬崖。那是一条羊肠小道,仅容一个人通过。我怀疑这里原先应该是没有路的,一定是后来一批又一批的冒险家们走出来的。

据说,古格王国消失后,这里的遗址和城堡,一直在漫漫黄沙中沉睡了几百年。由于古格周围重重的自然屏障，和这里特有的恶劣气候，使得数百年都无人前来探访。令人意外的是，第一个发现古格遗迹的并非本国学者，而是一个叫麦克沃斯的英国人。他早在1912年，就深入象泉河谷地，对古格故城和札达托林寺作了考察。

之后，才有本国的考古学家，和摄影师们涉足此地。而干尸洞之谜，是在三百五十年之后，才被人发现的。

从陡峭的土路往下看，是一条狭长的河谷，谷底流淌着从雪山上融化下来的水。那些水，曾孕育过十万古格民众。

走在悬崖上，随时都能看到变黑的箭镞，和腐烂的布片。我拾起一个箭镞，它躺在我的手心里，像一块化石。它无法向世人说清楚，当时这里曾经发生过什么。然而，它绝对是一场腥风血雨的见证。此刻，它贴着我的手心，带着一丝冰冷的寒意。我不知道，它曾经钻透过哪一位战士的肩胛，啄开过谁的胸膛。我只知道它一定曾经疯狂无情。当铠甲散落，灵魂被鹰带入天堂，而箭镞却永远留下。就这样年复一年，日复一日，寂寞地躺在这片废墟之中。

干尸洞就在悬崖上，离地约两米多高。洞口仅容一个人可入。这个洞口也是被人挖出来的。如果不是有人在崖壁上写着字，还不知道那个洞口就是干尸洞的入口。因为在古格，这样的洞穴不计其数。

我还真的不敢靠近。稍微离得近了,便能闻到若有若无的尸臭味。这气味让我既害怕又恶心。

我看着他们轮流爬上去。刚刚还是嬉笑怒骂、谈笑风生的,但到了洞口,突然便收起了所有的嬉笑。个个表情肃穆。

最后轮到我。我迟疑了一下,还是鼓足勇气爬上去。但洞口太高太陡,试了几次都掉了下来,多半是因为心里惧怕。

他们走过来,齐力一推,就把我整个推了上去。一阵恶臭差点让我窒息过去,但我憋住气,努力睁大眼睛去

站在古格城上,万物都变得那么遥远,只有碧蓝的天空伸手可触

探望。

森森白骨间，都是铠甲的残片和暗红的箭镞，它们和身体的某些筋骨，粘连在一起。成了一摊摊分辨不清的黏合物，像是胶化了的血液。有些骨头附着已经干枯的皮肉。这就是一种没有完全脱水风化的干尸。

找不到头颅，一颗都没有。所有的古格人，都被疯狂的入侵者砍去了头颅，一个不剩。一场腥风血雨就在眼前：飞矢撕裂的哀鸣，一群群箭镞穿过古格人带血的战袍，刺入他们黝黑宽厚的胸膛。成千上万被割去头颅的身体，在痛苦中扭曲抽搐，发出一声声凄厉的哀号……

我心惊肉跳地从洞口跌落下来。我知道没有一个探访者，在此种情形下，仍会带着一颗从容平静的心离开。

我看到一个同伴，双手合十对着洞口拜了又拜。并建议我删去那些照片。刚刚我对着白骨拍了一些照片，还不小心用了闪光灯。想想也是。我不能以任何方式去打搅这些灵魂。千年之后的他们，仍然身首异处。

这世上，谁又能破出谜底，将他们的头颅找回来？

他们的头颅到底去了哪里？是谁如此残忍？就像农民收割丰收的庄稼一样，割下成千上万颗血淋淋的头颅，然后志得意满地驮回去，去喂养他们的荣誉和功名，还有爱情。

传说，是邻国拉达克人发起了一场战争。当拉达克大军压境,重兵围困古格王国都城时,国王亲率古格战士坚守山顶宫城,与敌人苦战数日。拉达克人久攻不克,于是生出一条恶毒的计谋:令山下被俘的古格臣民,从山脚下向山顶修筑起高大的石墙。一来可以此为依凭,发起进攻;二来还可借这些人为的"肉盾",令古格人自相残杀。

烈日之下,每天都有古格人因不堪苦役劳累而亡。终于,古格国王不能忍心看着自己的百姓受苦受死,于是与拉达克人达成城下之盟,同意投降。条件是不得伤害百姓!

当古格国王和战士们放下武器之后。拉达克人却背信弃义,将他们全部押解,处以极刑,抛尸于洞内,并把所有被俘的古格子民掠往拉达克。将古格残酷灭国。

但是,拉达克人又是为了什么向古格发起这场战争的呢?

于是,又有一个传说。

相传在1615年,在古格与拉达克之间发生了这样一件事:

古格国王赞普在十八年前,曾与古格王后生下一位小王子。但小王子得了精神失常症,王后请来全古格和外地的名医,均医治无效。

古格国王赞普终于下决心再娶一位新王后。这位新王后,就是拉达克国王的妹妹。

据说，这位新王后在被迎娶途中，距离古格都城只有两天的路程时，古格国王却突然改变主意。下令禁止新王后进入古格，并将她遣返回拉达克。

新王后只好哭着返回去，并向拉达克国王述说了自己的委屈，和对古格国王的仇恨。同时，古格国王的悔亲行为，也激怒了全拉达克人。

为了妹妹，拉达克国王决定不惜一切代价，攻打古格。据说，因这场婚变引起的战争，持续了十八年之久。

又是因为女人，为什么总是为了女人？古往今来，多少王国的兴亡，都与女人有关。但那只是个传说。

不管怎样，古格的摧毁，在历史上虽然空白，世人至今也无法去破解。但在千年前的某个不平常的日子里，一切的摧毁和残酷，一定是具体的。具体到一个人，一声惨叫，一摊鲜血。发生在眼前的结果不必怀疑。这座荒凉的空城，和那些堆成山的无头干尸，就是一场灾难和毁灭的见证。

在夕阳西沉之前，我们告别这座寂寞空城，走出古格。我不断回头望，古格曾经是天堂。古格也曾经是地狱。

此时的夕阳，以最后一道血样的光芒，将古格涂抹得异常辉煌而凄凉。整个空城，就像一位战死后仗剑不倒的武士，天神般架着它那不屈的骨骼，撑着它不朽的灵魂，承载着一个世人无法揭晓的千年谜团，在血样的夕阳里静静屹立。

　　永远屹立。

— 2005

那个瞬间,天与地同时醒来

太阳升起的地方

....
....
....
....

一路狂赶，到达安多已是半夜。

　　这是个十来户人家的小镇子，我们摸黑敲开一家小旅馆的门。院子里空无一人，暗无声息，黑黑的地面泛着光亮，脚踩在地上才知结了一层薄冰。摸着墙走过阴寒黑漆的楼道，藏族姑娘为我们开了半小时的电。我们在旧黄的灯光下吃自带的干粮，导完照片，半小时过去，电源即被切断。

　　不管你睡着睡不着，你只能躺床上去。被褥冰冷冰冷的，硬得像结了冰。没有任何取暖设备。睡觉时不敢脱外套，将带着的衣服全部压在被子上，希望能够慢慢暖和起来。

　　睡前向藏族姑娘讨来一桶水。第二天起床，塑料桶里的水早结成了冰，砸也砸不碎。半干的毛巾贴上去，试图把毛巾弄湿些，却被冰死死粘住，扯都扯不开。

　　在这个奇冷的凌晨，我看见大片的云朵浓黑浓黑的。有好多个清晨，我都看见这样的云层，浓黑而厚重。我看见晨曦之光，那样艰难又隆重地欲撞破浓黑的云。

本来安多只是我旅途中停留的一个落脚点,半夜进入,天亮前离开,能够装下的记忆不多。

然而,就在那个凌晨,在我们出发前的那一刻,我望着天际的黑云,忽然问司机益西,为什么这里叫安多,是否有祈愿平安之意。

益西的话题由此打开。他告诉我,安多在藏语里的意思是:太阳升起的地方。在他说这句话的时候,我们的越野车已经离开镇子,从车窗望出去,天已破晓,黑云像包不住一团火苗,四处冒着清寒灰白的烟。有一户藏民家的屋顶也升起了炊烟,羊群出来啃吃带着霜露的草根。

那个瞬间,天与地同时醒来。

我用镜头拍下天地苏醒的这一刻,心里溢满感动。益西手执方向盘,仍然在说话。几年前,他和帮他开车的司机,也是他的朋友,曾带着驴子走过这条路。也是在这个地方,路况不好,车速没及时控制而发生了一场车祸,驴子们都还好,只是受了些皮外伤,但那位司机却受了重伤,益西抱着奄奄一息的司机狂奔回安多去求救。

可是安多没有医院,没有人可以救他们。益西抱着他的朋友,急得跪倒在地。他朝着路人喊叫:"只要有人能够救活我的朋友,让我做什么都愿意!"

然而,他愿意做什么都没有用。在这个远天远地远离文明的地方,他只能跪在地上,跪求苍天,直至他怀里的朋友因流血过多,闭目而去,永远地离开了他……

这场经历改变了益西的一生。后来他卖了车、赔了钱、离了婚,他将他的人生重新清零。之后,又开始了新的旅程。他没有离开过藏地,继续带着天南地北的驴子们一次次深入高原腹地。

我很想知道,为什么亲身经历了这样一场劫难之后,还要选择同样的旅途继续走下去,不怕危险吗?可是,我没有问出口。只是望了望益西。他正在专注地开车。我看见他的眼睛布满血丝,仿佛一夜未睡。

这个冬天,从拉萨到格尔木再到可可西里和昆仑山腹

途经风火山

地，我们在一起差不多半月有余。大部分时间，我们一天只能找到一家小饭馆，勉强吃上一顿像样的饭菜。也有几天，我们只是就着矿泉水，啃几口面包或吃几块巧克力和饼干，便过上一整天。哪怕在荒无人烟的戈壁滩上，益西握着方向盘的手也是十万分警惕的，他总在时刻防备着，深恐突然会撞到人或者什么动物。

益西是藏传佛教徒，他相信生死由命，富贵在天；他也相信，人的生命只不过是蛹和蝴蝶的关系，得像一朵花一棵草那样去顺应自然，顺应轮回，顺应周而复始。死亡并不存在，只不过是一种形态的终止。

也许在安多那一夜，益西根本就没有入睡。他和他朋友的灵魂在此相遇，正以另外一种形式交谈。

— 2007

可可西里的藏羚羊

冬天在可可西里

....
....
....
....

假如没有野驴和藏羚羊,冬天的可可西里,用镜头描述的景色几乎是雷同的。一望无际的雪原,天光把远处的雪山照亮,隐约可见。拍一张和拍一千张照片,不会有多大差别。

那些天的天空始终混沌、阴郁,人在雪中走,风狂扯着人的衣裳,像要抓着你没命地奔跑。风在远处咆哮的时候,仿佛有人在云上哭,却不掉泪。这时,我的喉咙也会发紧,有哽咽的冲动,但都及时忍住。哭会伤筋动骨,让体力透支。可是,在藏羚羊忽然出现,或者终于喝到一杯热开水的时候,还是禁不住会感动,会落泪。

在进入可可西里保护区之前,一直没有人,没有别的生命,觉得野驴和藏羚羊就是精灵,是神。

有一种奇异的感觉,感觉这份无边的空旷,早已暗藏于我内心的某个角落。走进它,像是突然对应上了我内心的某个场景,有种做梦的感觉。这个场景,我应该在梦里见过。尤其在年少时，我常常在梦中游荡，忽然来到一个空旷无际的地方，怎么跑也跑不到头，怎么喊也不会有人听见。天上人间，尽是暧昧混沌，无边无际、无穷无尽……然后，惊出一身汗，从梦里挣扎着醒过来。

每当梦醒时，我不能说话，只是不住流汗，四肢发凉。某种感觉形不成语言，就像诗歌产生时那样一言不发，或者灵感来临时那样荒诞不经。那是一个人的密码，我内心感受到的，我无法完全传递给你。我做不到。

就像我从来都不喜欢把大房间作为我的卧室和书房，那会让我有不放心的感觉。这种感觉从何而起，我亦无从追究。在可可西里的那些日子里，我从来没有把心放下来过。无边无际的空旷将人的渺小和脆弱映衬得过于清晰。像行走于天地宇宙，心不自觉会沉浸于感慨、感动和感恩的情怀之中。

然而，就是不放心，也不安心。

- 2007

梦中的布达拉

在到达拉萨之前，布达拉宫仿如梦境，它是虚幻的出现在天边的遥不可及的事物。当我真的有一天站在布达拉宫面前的时候，却没有想象中的心潮澎湃，而是一种巨大的平静，有一种被震慑到的感觉。

第一次看到布达拉宫，是在2005年9月3日下午，我坐上贡嘎机场开往拉萨市区的大巴车。沿途经过一条平滑光洁的柏油马路，过曲水大桥，沿雅鲁藏布江的支流拉萨河前行。

河谷中的水流平缓清澈，两岸的地势非常开阔，远处的山峦没有一点绿意，像被大火烧过那样，露出黝黑的土皮。有一种凝重的荒凉。而拉萨河畔却有一些不知名的绿树和杨柳。那整排的垂柳，却无江南的妩媚和袅娜，经过高原的阳光和风沙的历练，叶片宽阔，枝杆粗糙，但仍然不失垂柳本质。这让我想起古时候代父从军，穿上盔甲的花木兰，站在男性蛮荒的土地上，令人心生疼惜，又满怀感动。

当车子进入市内，有人告诉我，前面就是布达拉宫。我随着他手指的方向看过去。这是我第一次看到布达拉宫。就那样匆匆一瞥，我的内心里已充满了狂喜和激动。

那样的狂喜和激动，就像一个孩子，终于等到一只精美的奶油蛋糕那样，只是怯生生地瞪大了眼睛看，却不敢去草草地急着将盖子揭开，怕一不小心会将里面的奶油给打碎了。

我几次从布达拉宫广场经过，那里天天回荡着节日般的气氛。那么多的人，密密麻麻地集中在此，个个情绪激荡，兴奋莫名。我在人群中穿过，却没有去靠近售票窗口。

开始几天，因为高反症状的折磨，怕自己没有体力登上通往布达拉宫的阶梯。而后来那几天，我自己也说不清楚，为什么一拖再拖，并不急着登上那座梦想中的宫殿。我几乎跑遍了拉萨周边的所有寺庙之后，最后，才决定去布达拉宫。

记得去之前的那个黄昏，我坐在拉萨河畔的广场上，看着布达拉宫，在喧哗中，它慢慢安静下来。参观的游客和朝拜的人群，已陆续离去。神秘的布达拉宫，就屹立在我面前，那一刻，它像是只属于我一个人的。我独自坐在广场上，久久地仰视它。

有个男人走过来,背着山一样的旅行包。他看一眼布达拉宫,又看一眼我,浅浅笑一下,问我:"你去过布达拉宫了吗?"

我说还没有。

他呵呵笑出声来,说:"我也一样。"然后,神情突然便肃穆起来,反手托了托背上的旅行包,又拉了下他的帽檐,步履坚定地走开了。

西边的山峰将夕阳的最后一线圆弧收回。此时的布达拉宫显得那样壮丽,雄伟。有一种隐隐然的神秘的气象,我看见了神性的光。

很久以前,我从书上看到布达拉宫,也从电视里见过。它早已像神话中的宫殿那样,深深扎根在我的心里。但我从来没有梦想过,有一天,我会真的坐在这里,坐在这个广场上,那样近地与我梦想中的宫殿对视。

暮色四合,天光渐渐暗淡下来。我忽然觉得,布达拉宫是悬浮在这座城市上空的。通往宫殿的阶梯,依山上升,恍若能带领人通往天界。我感觉到神的灵魂,就在拉萨河畔的不远处游荡,它将引领我走上这长长的阶梯,走进神话般的梦想殿堂。

想来,当我鼓起勇气,到西藏来的那些日子里,就连梦中都有一个影影绰绰的神秘宫殿。可是,我不知道为什

么,此刻坐在广场上的我,却在心里一阵一阵地伤心,一阵一阵地沉迷,又一阵一阵地叹着气。

第二天早上,我终于登上红山之巅,走进这座神奇的宫殿。

阳光很好。我沿着阶梯拾级而上,山中不时刮过来几阵清凉的风,风中有被阳光熏出来的辣辣的植物香味。

布达拉宫所处的位置,是在拉萨的市中心。站在红山上往下看，密密麻麻都是街道和房舍，但到了山脚突然散开，好像为这座宫殿让了路。宫殿广场前面就是拉萨河，河对岸即是广阔的田野和连绵不断的山峦。

我拾级而上，想着几天来，站在红山下看布达拉宫的感觉，那外观的粗线条的整体魅力，早已停留在我的心底。而此刻的我，终于翩然登台，目光由仰视变为平视。然而内心的敬仰之情，却在进入宫殿之后，渐渐加深。

布达拉宫建于公元七世纪的吐蕃时期。据说当年的松赞干布，为迎请文成公主入藏，动用了大量的人力物力，修建了这座巨大的宫殿。当时的西藏还没有政教合一，布达拉宫只是一座王宫，不受香火朝拜。直至五世达赖喇嘛，受清皇的册封，成为佛教和政教的首脑。布达拉宫成了西藏佛教大活佛的所在地，人们才开始对它供奉香火，顶礼膜拜。而布达拉宫，自然就成了世界上最高最大的佛教圣地。

宫殿里有大小殿堂、楼阁、房舍一千多间。宫殿东南和西南两侧建有碉楼护卫。这里曾经还拥有过法庭和监牢。是一座十分完备的巨大城堡。当然，它和卡夫卡的城堡不同。眼前的城堡，是西藏的一座艺术宝库，拥有无数的珍贵文物和壁画。

我迷了魂一样，走在这座到处都是陈年纹饰，细尘漫漫的宫殿之中。处处有一种艰深的气韵，吸引着我急着想要去参悟它。然而，它却让我感觉到，它明明就在眼前，却又远在天边。让人无法轻易去解读它。就像面对一首唐诗，要立即进入说文解字，必然会是知之皮毛而难解其中气韵。

-2005

有些事情早已决定,而有些早已经丧失的事情,亦无法再挽回

神奇的手印和灵塔

....
....
....
....

穿过一条没有窗户的窄廊，就是德阳厦。据说每年藏历十二月二十九日，或者一些重要的节日，这里就会举行一些藏族歌舞或跳神表演。以前只供达赖喇嘛以及高级僧俗官员欣赏，但现在百姓们也可前来观赏。

德阳厦面积有一千六百多平方米。建在半山腰处，南北两面有回廊，平台的西面有三排并列的木质扶梯。木梯通往白宫。

走进白宫，看到南壁玻璃罩内有一只奇怪的手印。据说，这个手印是十七世纪中叶五世达赖在修建布达拉宫时留下来的"手谕"。当时的达赖基本上已不过问政事，宫内事务均委托第巴桑结加措来掌管。这道"手谕"，就是要所有的人，都得服从第巴桑结加措的命令。相当于一把"尚方宝剑"。

然而，历朝历代的"尚方宝剑"，它的权威和神圣只在当时。而这个"手谕"，却成了一种永恒的典范，在西藏受人们永远的顶礼膜拜。它像一道古老的神性的灵光，照亮一方。让前来膜拜的人，都能得到抚慰和启示。这是信仰的力量。

我在想，当时五世达赖在按下这个手印的时候，也只是想让当时的人们都服从第巴桑结加措的命令。他也许不会想到，他这手印按下去，便成永恒。并且世世代代受到千万人的敬仰和缅怀。

五世达赖的灵塔坐落在灵塔殿中。是八座灵塔中建筑最早的一座。塔高14.85米，塔身用黄金包裹，并嵌满各种珠宝玉石，建造中耗费黄金十一万两。整座塔看上去富丽堂皇，价值连城。

我看到祈福的人们，排着队在此下跪。这么多天来，我走过一些寺庙，有很多地方都可以跪下来祈福。可是，我都错过了。这一次，在经过布达拉宫转经筒的时候，我也学着顺时针方向一一转过去，但心中仍是一片空茫。我不知道自己需要求什么。此刻，当我又看到那么多人在下跪祈福的时候，被他们的虔诚和这里的氛围打动了。我想，我应该也和他们那样跪下来，向神灵祈福，助我达成心愿。

我挤入人群中，在一小片空地上，试着跪下去。当我双手合十，凝视着面前的灵塔，我的心咚咚跳着，就像恋爱的最初，希望表白，希望说出我心中的愿望。但是，我跪在那儿，非常奇怪地，我的心里依然是一片空茫，还是不知道求什么。我甚至不知道，我心中的愿望是什么。

　　我只知道，许多事情早已决定，是不能祈求改变的。许多早已经丧失的事情，亦无法再去挽回。我知道万事都不可以祈求它的完美。我从那些双手合十神情肃穆的人群中离开，心中升起一些莫名的孤寂。那一刻的我，无端端地羡慕起那些有着信仰的人们。

－ 2005

那是千年前,一个男人为一个女人而造的梦想宫殿

刻进壁画里的爱情

....
....
....
....

布达拉宫的墙壁上,到处都可看到各种壁画,构成一座巨大的绘画艺术长廊。据说参加这些壁画绘制的,有近两百人,费时十余年之久。壁画的题材,有西藏佛教发展的历史、西藏古代建筑形象和大量佛像,还有五世达赖的生平和文成公主进藏联姻等故事。

我被文成公主进藏那组长长的绘图所吸引。画面上不仅有唐代国都长安城的示意图,还有文成公主进藏时沿途的情景,以及抵藏时受到隆重欢迎的场面。

那时的我,真是一头栽进这个故事里去了。

在上学时,历史课本就告诉过我,美丽的文成公主和英俊的松赞干布一见钟情。于是两国和亲,将幸福带给了藏族人民。

虽然也知道,松赞干布几次求亲的过程,但在那时的记忆里,这样的过程都是可以被忽略的。我们只记住了,这是一个美丽如童话的故事,结尾是:"从此公主和王子幸福地生活在了一起。"

记起在拉萨街头闲逛时，在小书摊上买了几本小册子，其中一本就有文成公主的史料与传说。还记起一句歌词："美丽的文成公主啊，你从遥远的大唐来，佛主的光芒照亮了大地……"

站在壁画前，那歌声仿佛从遥远的地方传来，传入我的心底。因为刚到西藏，对于这块神奇的土地，想要了解的东西太多，所以，那本小册子我只是翻了翻，未曾细细读完。而那一刻，站在壁画前的我，却是如此地想要去解读，这个存在于记忆里的完美的爱情故事。

我知道，只要我愿意，我可以用整个下午的时光，待在这些壁画前。那是一个独行者的自由和随意。这样的时刻，最能体验一份心情，也最能进入一个故事。那么，就让我在这里，在文成公主的壁画前，将她的故事读完。

一千四百年前，一支气势庞大的和亲队伍，在人烟稀少的唐蕃古道上，朝着西藏而去。坐在皇家銮轿的厚重帘幔里的，就是美丽的文成公主。她带着稚气未脱的羞涩，内心充满对故乡的依依不舍，同时也开始憧憬与年轻藏王的琴瑟和谐。

在三千多公里的慢悠悠的车轮滚动中，文成公主历经了艰难的跋涉和期待。可是，好不容易到达拉萨城外的车轮,却停了下来。那一停,就是四年。

没有人知道,这四年来,她是怎么度过的。也没有人知道,是什么原因让她停在了城外。

四年之后,文成公主还是以大唐公主的高贵身份,被迎进拉萨。当然,也没有人知道,文成公主在进入拉萨后,是否幸福。

松赞干布于她之前,就有三位藏妃,以及一位尼泊尔公主。这个消息,不知文成公主是在婚前就知道,还是到了拉萨之后才知道。

据历史记载,文成公主的美貌让松赞干布赞叹不已。她在陪嫁中,还带来了释迦牟尼十二岁等身像,以及大唐王朝先进的技术和文化。那些都是松赞干布梦寐以求的。

历史上也记载着,文成公主这次和亲的重要意义。并记载了她在西藏那些年,参与建造了大昭寺和小昭寺,并得到藏族人民菩萨般的膜拜和供奉。

可是,历史上并没有记载,她在西藏度过的那些日子里,所有的喜怒哀乐。我们翻过历史的记载,发现她并没有子女,进藏十年后松赞干布因病而逝,永远离开了她。在这之后,她在西藏寡居三十年。这期间由松赞干布的孙子执政,而她,又是如何来度过这些异域孤单的岁月的?这无依无靠的漫长的三十年!

作为一个和亲的公主,她的尘世幸福,势必被历史功绩所侵占和剥夺。想来,一个女人的寂寞,没有比这更必然和更彻底的了。虽然,她被藏族人民称为"绿度母",视作菩萨下凡。

历史上还记载着一笔,在松赞干布死后,唐高宗曾遣使前往西藏,请文成公主回长安颐养天年。但却被拒绝了。

不知是因为继续履行和亲的使命,还是为了松赞干布生前对她的恩宠,或者是,其他的什么原因。

在西藏,曾经流传这样的一个传说:在三千公里的和亲路上,美丽的文成公主和智慧的吐蕃大臣禄东赞产生了爱情。禄东赞是求婚使者。传说中,是他解开了唐太宗的六个难题,并得到唐太宗极度的赏识。而他却推掉了唐太宗的赐婚,帮自己的国王娶回了大唐公主。但一路上,却仍逃不脱爱慕之苦,对文成公主的爱,终于在半路上炽热燃烧。

后来被松赞干布得知,大怒,于是让文成公主停在拉萨城外,开始漫长的等待。最终,在反复权衡国家利益之后,才把文成公主迎进西藏。

当然,这只是一个传说,经不起推敲。历史上的禄东赞,在松赞干布死后,携助他的孙子执政,掌权了三十多年。

总而言之,文成公主美丽的身影已永远留在了藏族人民的歌声里。她的爱情,也被永远地刻进了壁画中。不管怎么说,文成公主还得感谢藏族人民。一个女人,即便天生丽质,如果没有众多爱怜目光的濡养,也只会无觉无明,自生自灭。布达拉宫也一样,如果没有那么多游人和信徒们纷至沓来的脚步,它雄伟的身姿也将会变得日渐孤寂萧条。

而我,在不断往来的人群中,却只看见文成公主独自一人,翩然而来,又翩然而去。仿佛这个宫殿的存在,就是为了等候她的到来,长大,去世,然后等候世人来膜拜,缅怀。

本来,布达拉宫也就是为文成公主而造的。那是在千年之前,一个男人,为一个女人而造下的,一座梦想宫殿。

— 2005

纳木错的水有着蓝宝石的质地

秋色中的纳木错

....

....

....

....

这是一个美丽无比的清晨,我在一阵轻微的叩门声中醒来。两位陌生的女孩带着甜甜的笑容站在门外,她们分别叫李莉和小芳,说是贺老汉叫她们来陪我去纳木错的,司机已经在酒店楼下等了。我的心头一阵热。在这人生地不熟的城市,我感受到的尽是人间温情。以至于这次纳木错的旅程,在我心里变得更加美好。

司机是个非常随和的人。李莉和小芳准备了好多吃的,她们俩都比我年轻,但一路上却像姐姐一样照顾着我,把我当成柔弱娇贵的女子,这让我很不好意思。以至于,当她们问我下一程打算去哪里时,我都犹豫着不敢告诉她们,我想去走阿里,但我怕说出来她们一定会笑话我,以为我无知者无畏,是在痴人说梦话。

拉萨到纳木错的路刚修好,本来大半天的路程,我们只用了三个小时就到了。

纳木错,是西藏的圣湖之一。我是带着敬畏和朝圣般的心情来到这里的。秋天的草原已没有了绿草如茵,在天地之间呈现出无边无际的黄色,成群成群的牛羊点缀其间,像一幅自然和谐的油画。

纳木错湖面海拔四千八百米,总面积一千九百多平方公里。为了更清晰地看整个湖面,我们爬上了山坡。那个山坡在湖东和西岸之间,湖面从这里转个弯,再向前伸展而去。站在山坡上看过去,纳木错被白雪皑皑的山峰环绕着,那是念青唐古拉雪山,终年像守护神一样保护着纳木错。

纳木错是第三世纪末和第四世纪初,由喜马拉雅山的运动凹陷而形成的。它本应是苍凉和神秘的。至少在我心里是。但是远方银亮多变的雪山,和一年四季变换色调的草原,削减了它的苍凉。因此它看上去显得丰富而不单调。纳木错不变的主色调,是一大片湖水的透蓝。这样的一种蓝,不跳跃刺眼,和天色浑然一体,可以随着四季的颜色综合出不同的诗意。它一望无际的庞大和广阔,又给人一种淡然和漠然的平和。平和里又蕴涵着气韵轩昂的伟大。

这样的湖,它在蒙受灾难时一定是悲情漫漫的。所以,它的诗意也便成了一种空灵的形态。它是属于男性的湖。

爬上山顶的时候,已气喘胸闷,头晕乎乎的像要炸开一样。在山顶上,感受到的是一种不可思议的安静,以至于来自体内的声音特别的喧嚣。听着自己的喘气和心跳,

像是有谁在我身体内捶鼓。

我在山顶上坐下来。坐在一大片五彩的经幡之间。说实在,我从没看到过这么漂亮的经幡。我不知道那里凝聚着多少的祝愿和祈祷。它是眼前最为亮丽的色彩,是圣湖不可缺少的一道风景。从远处望去,在浩瀚无际的天地间,它就是神灵。

李莉和小芳在湖边玩水。我也下去洗了把脸,水竟然是咸的。原来它是世界上海拔最高的咸水湖。也是举世闻名受人敬仰的圣湖。我们在湖边漫步,捡拾水边的石块,聆听湖水拍岸的声音,始终带有一种行走在仙境之中的美妙感觉。然而这种美妙的感觉,却在翻过山坡时渐渐消失。

山坡下潦潦草草地搭了一些帐篷,篷布已被烟火熏得油亮乌黑。一些衣衫褴褛的小孩，有的还拖着长长的鼻涕，他们一个个朝你奔跑过来。伸出他们小小的掌心向你乞讨。他们的神情，个个大方漠然，因为他们都已习惯了。或者，生活的贫苦，从小就教会了他们习惯于卑贱。那些孩子，原本应该在学堂里读书的，可他们，却在这个美若仙境的地方，过着受苦受难向人乞讨的生活。也或许，他们根本不会觉得这是一种苦难，我看到他们的脸上，并无我想象中的愁苦悲戚。不管讨没讨到钱，他们都自自然然的，甚至还带着些快乐的顽皮的表情。

我不知道是否只是我自己的脆弱，而见不得这样的场面。而他们，这些小孩，以及生活在这里的人们，和这里的每一棵草或每一块岩石一样，是生长和扎根在这里的。而我的心绪却已无法舒展。

离开纳木错的时候，仍然有几个小孩追上来，伸出他们黑乎乎的小手，挡在我眼前，挡住了一半的风景。

车子载着我们渐行渐远，我几次回头去望纳木错。远处的雪山闪着凛冽寒冷的光，草原的黄色已接近枯萎。都是因为深秋的缘故吧。秋，总是会给人一种萧瑟荒凉的感觉的。

我的归途，由来时的美好渐渐变得有些黯然。

— 2005

色拉寺，正在辩经的喇嘛

一朵格桑花的下午

....
....
....
....

那天下午，我的高反症状还未完全恢复。我吞咽了一大把的抗高反药，来到色拉寺。

色拉寺坐落在一座荒凉的山上。我沿着石块铺砌的路面拾级而上。高原的太阳将我炽烤得昏昏沉沉的，又胸闷气喘，整个人处于极度的困倦中。我坐在树影下休息。就在这时，我看到有一丛花草，从一个破门里探出头来，非常的鲜艳而俏皮。我的精神为之一振。

我朝着那丛花走过去。走进那个破旧的小红门。

这是一个非常安静的院落，两边的土房子悬着好多布帘，布帘上绣着各种吉祥图案。显得有些神秘。出于好奇，我掀开了其中一个布帘，原来布帘里面还有一个木门。木门敞开着，席地坐着几个喇嘛，正在轻声地交谈。见我进去，其中一个喇嘛站起来和我打招呼。他的汉语很生硬，但勉强能听懂。

原来这是他们的起居室。棉被和毛毯直接铺在泥地上，没有桌子也没有椅子，几本翻卷的简装书零散地搁在窗台上。一只破旧的收录机立于地上，插头还没拔下来，显然刚刚使用过。

他们非常友善地请我坐下，邀我一起听一段经文。那只录音机重新又开始发出声音，好像是有人在说教，声音很慢，不是很清晰。说上几句就会停下来，间歇一会，声音再起。像一段曲调自由节奏缓慢的旋律，慢慢开始，娓娓道来。但他们气定神闲，一点也不着急。慢慢地，都目视虚空地进入禅定状态，又好像随着那声音的讲解，而进入了另一个超越时空的世界。

可我一句也听不懂，录音机里讲的全是藏语。于是去翻窗台上的那些书，也都是藏文，一个字都看不懂，只得放回去。

听完后，一个喇嘛向我解释。我半知不解地点头，不好意思打断他，他的汉语实在太糟糕，听了半天，也不知他到底说了些什么。坐在我左边的那个喇嘛，看我不住地点头，突然忍不住，对我笑了一下，问我："你什么都没听懂吧？"

我们哈哈大笑起来。那些喇嘛中，原来他的汉语说得最好，可在这之前，他却闷头坐着，没说过一句话。

我问他开在院落里的那丛花叫什么名字。他告诉我说，是"格桑梅朵"。"梅朵"在藏语里的意思即是"花"。

格桑梅朵！好美的花名。

那个喇嘛走出去，很快为我摘了一朵进来。他说格桑花是供奉佛像时，距离释迦牟尼最近的一朵花，藏地很多寺院都有这种花。

我问他怎么称呼时，他说叫格桑。我问他是格桑花的格桑吗？他们几个哄然大笑，用我听不懂的藏语愉快地交谈着。我知道他在和我开玩笑。但是，后来他再次介绍，我还是听了个"格桑"。他很无奈地笑笑说，那你就叫我"格桑"吧。

当他们知道我来自杭州时，格桑说他在电视上看到过，电视里说杭州是天堂，天堂里的风景和女人都很美。

我说你们什么时候也可以去杭州啊，去看看天堂。格桑吐了吐舌头，说："天堂总有一天要去的。"于是他们又开始笑。

后来，格桑带我去寺院后面的山坡上，在那个土沟里有大片大片的格桑花，非常漂亮。爬上山坡的时候，我几次气喘得停下来。格桑问我到拉萨第几天了，是否还有高原反应。我说已经第三天了，应该快过去了。

格桑很严肃地告诉我，我这样子应该在房间休息，而不应该一个人到处出来乱跑。他让我把手中的那朵格桑花扔掉，拿着走路会很累，再说让别人看到也不好。

我舍不得扔，问他："那你为什么要摘下它？"

格桑对我的问话只是笑笑。我发现他们都很爱笑。

在那个山坡上，我第一次看到了玛尼石，很大的一堆。上面刻着六字真言。那些刻满经文的光滑的石块很神秘又很漂亮。我问格桑能不能带一块回去。

格桑说，"可以啊。"过一会他又问我："你把石头带回家去干什么用？"

我说，"放家里看看啊，很好玩的。"

他沉思了一会，说："是这样啊。放在家里只几个人看到，放在这里却有很多人看到。"

我想了想，又把捡起的石头放了回去。

他又回过头来，朝我笑了笑。

我们在玛尼堆旁边坐了下来。整个色拉寺尽收眼底，非常庄严。大片的格桑花在风中摇曳，那是盛开在这里的唯一一种花。

格桑对我独自一人来西藏很好奇。他说像我这样的人，看上去是需要人陪着的。我告诉他，我不需要人陪。

他说："你会受到祝福的。"

我举了举手中的格桑花说："我已经受到祝福了！"

他再次要求我将那花扔掉，他说这里虽然没有严禁摘花的牌子，但来这里的人，都不会采摘花草的。

我只得将那朵花放于玛尼堆旁。

格桑说他得回去准备一下，念这天最后的回向了。他告诉我，回向就是所有的僧人把今天念经所得的一切福缘送还给众生，希望所有的人都能够圆满、吉祥。

返回那个破旧的小红门时，我向格桑告别。格桑却让我等等，他说有样礼物要送我。于是，我跟着他再次走进那个土房子。

那几个喇嘛正起身整理东西，见我们进来，都很友好地笑笑。

格桑从墙角的一个包袱里，拿出一小片衣服，乍一看还以为是一块破布。格桑双手捧着它，说话有点激动，他说这片衣服非常珍贵，在他们眼里是无价之宝，叫我一定好好收藏。我一听也很激动，以至于忘了格桑说的是哪位喇嘛穿过后圆寂的衣服。旁边的几个喇嘛也都非常惊讶地看着格桑。

我后来才知道，在喇嘛的心目中最珍贵的就是一个修行证悟者的舍利子，或他穿过用过的东西，据说有非常大的加持力。

我翻遍包里所有的东西，很想回赠他一个礼物，但除了钱包和化妆品外，实在找不出可以回赠的东西。最后只是翻出几根棒棒糖,那是我一路上用来打发孤单用的。格桑开心地接过去,一人分了一根,自己多出两根,小心地揣在怀里,那表情非常的满足。

当我跨出那个破旧的小红门,再次回首望去,看见格桑站在院子里,还在向我挥手。夕阳的光辉正好照在他的脸上,他的神情异常庄严,充满觉醒的力量。

我又在别处转悠了一会,离开色拉寺的时候,我听见喇嘛们开始诵起经文,低沉的男低音从四面八方聚集,像奔腾的海水充满激情和祝福,涌进每一个人的心里。

他们念的一定是格桑说的回向文吧。把一切福缘送还给众生,希望所有的人都能够圆满吉祥。

- 2005

八廊学记

住进八廊学青年旅社,已经是傍晚了。只有三人间。按床铺卖。虽然没有原来住的宾馆条件那么好,卫生间和浴室也都是公用的,但床铺房间都很干净。

在我进房间没多久,又住进来一个美国女孩,背上扛着大包,胸前捂着大相机,眼睛里尽是好奇。我对她说"Hello",她却对我说"你好"。我们相视一笑,接下去,我用回了我的汉语,而她也用英语交流。也许说得太快,除了勉强听懂对方的名字以外,我们都没听懂对方在说什么,于是,都以大笑告终。原来她用汉语表达的能力,跟我用英语表达的能力一样有限。

旅馆楼下有个网吧,我借那里的电脑把照片导出来,拷贝在一张光盘上,清空了我相机里的芯片。我已在为我去阿里做准备了。虽然我仍未找到去阿里的车子和旅伴。但我的每一根神经都已在等待和企盼之中。

旅馆楼下的墙上,贴满各式各样的纸片,写着不同的路线和想法，密密麻麻的，在风中如招魂的符一样。吸引着所有来这儿入住的驴友们。

我的眼睛开始在众多的纸片中搜寻阿里两个字。

"你想去阿里？"突然身后有人问我。

我说，"是的。"

那男人又高又瘦，长相有点混血，他又问："你一个人来的？"

"一个人。"

他深吸一口气，佯装惊讶："你以前来过西藏么？"

"没有。"

"那你怎么敢去阿里？"他又加重了语气。

"有什么不敢的？"我反问他。

他突然大笑起来。然后，很严肃地告诉我，阿里不是随便什么人都可以去的。

我对他的警告不以为然。

就在那天晚上，我在冈拉梅朵酒吧再次遇到他。我点了一份牛排，坐在窗边享用我的晚餐。很多人三五成群地结伴坐在酒吧里，热烈地讨论着他们的行程。那个男人朝我走过来，我不知他是从哪一堆人群里分离出来的。

他拉过一张椅子，坐在我对面，表情有点奇怪地看着我，他说："你去阿里真的不合适，但，坐在酒吧里却比较合适。"

我仍是不以为然,朝他不屑地笑了笑。他发现说服不了我,为我叫来了一瓶酒。我们有一搭没一搭地聊了些别的。他说,他也想去阿里,已约好了几个人,如果我真想去的话,或许可以捎上我。

我想也没想说可以考虑。

他有些忍俊不禁地又狂笑起来:"你考虑什么?我才要考虑考虑呢,捎上你,就得负责照顾你。你不知道阿里之行路途险恶,随时会遇到很多意想不到的危险。"

"没那么严重吧,我会自己照顾自己。"我推开吃剩的牛排,离开了他,离开酒吧。

如果没有他的狂笑,我应该会对他有些好感的,他长得也不是太令人讨厌,看上去还蛮温和的。我在回旅馆的路上这样想着。

回到旅馆,天下起了小雨。Lucy 正趴在一张大地图上认真地研究着。房间里多出来一只大号的黑色旅行包。

Lucy 指着那个大包告诉我又来了一位 man。当时我没在意,和她打了个招呼,就去浴室洗澡。

我走进浴室,又退了出来,浴室居然没有分男女区域,我无法确定我该进哪个门,只得去问了服务员。服务员又将我带回了那个门,说你从这儿进去就是。

大概有四五个水龙头在那儿哗哗地流着水，隔着木隔断门，天花板上弥漫起一些水雾。我推开一个没有水流声的小木门正欲进去。没想到从门里面出来一个刚洗过浴的小伙子，光着上身，从从容容地拎了一袋衣物走出来。吓得我魂飞魄散，以为进了男浴室，我赶紧说对不起，我走错地方了。

那小伙子却说："你没有走错地方。进去吧，插上插销就可以了，没关系的，这里都这样，没有分男区女区。"

我还是犹豫着站在那儿，看着他的背影，有点不知所措。

但总还是要洗澡的，我诚惶诚恐地推开木门，插上插销，小心翼翼地洗着澡。一直竖着耳朵，听着外面和隔壁传来的声音，想象着薄薄的隔断门外面，来回走动的是男人还是女人。站在隔壁洗澡的将水弄得哗哗响的那位，又是男的还是女的。

我将衣服穿得严严实实地回到房间，推开门又是一惊。我们的新房客竟然是一位北方男人。服务台怎么可以不分男女，胡乱安排我们住在一起？这太不可思议。怪不得那美国女孩说是来了位 man。

我进去的时候，他正坐在床沿上，用一把剃须刀将胡须剃得"嗞嗞"有声。后来我才知道，在拉萨很多青年旅馆都这样,他们只卖空床铺,不分来者是男还是女。

我们各自打了招呼,Lucy将一张白纸递给我,上面写着"几滴催花雨"。并指指北方男人,说是他写的。北方男人诡秘地笑着。

我不知道在我来之前,他们聊了些什么。那句诗词,也许是在他们聊天时,北方男人即兴写的。但我很奇怪,那个北方男人怎么会在拉萨这么个高远的地方,想起李清照这句充满江南意境的诗词来的?

那男人轻描淡写地说,窗外不在下着几滴雨么。

九月应该是西藏的雨季。但我到拉萨快十天了,还是头一次遇到雨,下了几滴便停了。从窗外望出去,对面窗台上的鲜花在朦胧的路灯下,散发着亮丽而奇异的光芒。

我的床是靠着窗边的,很方便我坐在床上看夜景。看得久了,便想起李清照这首词的下面几句:"倚遍栏杆,只是无情绪!人何处?连天衰草,望断归来路。"无端端地,生出些许孤寂来。

旅途疲劳,Lucy和那北方男人都睡了。不一会,那男人打起了呼噜,一起一伏,有节奏的,像唱歌一样,在整个房间里回荡。真是夜深人不静。后来,我发觉Lucy在不时地翻转身体,原来她也没睡着。

临近午夜时分,我的手机突然响起来,是晚上在酒吧里碰到的那个男人打来的。他在电话里问我睡了没。我说还没。

他说他正从酒吧出来,走在回旅馆的路上,下过雨的街道湿漉漉的,特别干净。

那个陌生男人的声音,在深夜里听来非常的轻柔,带着点酒精和柠檬的味道,像一首抒情的曲调。最后,他在电话里请求:"我带你去阿里吧,车子我去找。"

原来他没有狂笑的时候,说话的声音还是蛮好听的。但是,他的那个"带"字还是引起了我的抵触。我说不清是一种什么样的情绪。反正我在一阵感动之后,瞬间明白,我不会跟那个男人走。

挂断电话,忽然想到,明天起床,除了继续找车之外,我想抽时间再去一趟色拉寺,去见一见格桑。

房间里好静。北方男人停止了打呼噜,是被我的电话给吵醒了。Lucy告诉他,他刚刚打呼噜了,打得好重。北方男人有点不好意思,但他并没表示歉意,却对我的深夜电话感到兴趣,问我是否遇到艳遇了。我说哪有什么艳遇,我不需要这些。我们都呵呵笑着,睡意顿消。

— 2005

玛吉阿米的前尘后事

我不喜欢泡吧。我不喜欢酒吧里的喧闹。可是在拉萨的那些天,我却夜夜让自己在玛吉阿米酒吧里泡着。着了魔一样。

玛吉阿米酒吧在八廓街的东南角上。第一眼看到它,是在一个美丽的黄昏。当朋友带我走进那家黄房子的时候,我还以为走错了地方。

在西藏,黄色代表着神圣的宗教色。只有寺庙或高僧居住的建筑方可拥有黄色。普通人家的房子大都是白色的外墙。而这家叫玛吉阿米的酒吧却能拥有和寺庙同样神圣的黄色,不能不令人惊讶。

后来朋友告诉我,它曾经有过一段不同凡响的历史,拥有一个古老而浪漫的传说。相传约三百多年前,在一个月光明媚的夜晚,有一位神秘人物来到八廓街一座藏式酒馆里。恰巧,一个月亮般纯美的少女也不期而至,她的容貌和神情深深地印刻在了这位神秘人物的心里。从此,他便常常光顾此地，期待与那少女再次重逢。然而，少女再也没有出现过。

那位神秘人物，就是六世达赖仓央嘉措。他不仅是西藏历史上一位杰出的宗教领袖，还是一位才华横溢的浪漫主义诗人。相传，他为了寻找那位美丽的少女，跋山涉水走遍了藏区，并写下大量的情诗。

玛吉阿米，在藏语里是"救世度母"，或"纯洁少女"之意。也可引申为美丽的尚未实现的梦幻。

正是这古老浪漫的故事，玛吉阿米酒吧里拥有了来自各地慕名而来的旅者。

天刚刚暗下来，酒吧里便坐满了人。但屋里却显得非常的宁静和温馨，让你感觉不到自己置身于酒吧里。

动听的音乐静静流淌着，两三个藏族姑娘轻声招呼着客人，大堂经理是个藏族小伙，和人交谈时，总是面带温和腼腆的笑容。

酒吧的地板上铺着陈旧的西藏手工地毯，墙边放置着一些造型古朴的陶罐。木头柱子上挂着丝版印刷的西藏风情图画，四壁挂满唐卡、摄影以及一些手工艺术作品。在酒吧的角落里有个书架，书架上有卡夫卡、拉什迪、艾略特、里尔克等作家的原作和各种汉文版西藏题材的书籍。第一次我便是坐在这个书架下，认识了尼玛和一些来自各地的朋友。

酒吧里还有一大叠留言簿，留言簿用发黄的纸张装订而成，看起来古色古香。上面留有来自世界各地的驴友们的留言，有抒情的、感悟的、告白的，甚至还有遗书和婚约。有的还留下了他们的联系地址和邮箱。最让我难忘的是那样一句话：

"忘不了你的蓝天，轻轻一想就碰到了天堂。"

这幢黄房子的浪漫传说，和独特的经营方式，以及桌上那些随意涂写的留言簿，都给我留下了很深的印象。

第二次去的时候，是独自一个人。找了一个靠窗的位子坐下。总觉得靠窗的位子比较适合发呆，或幻想。透过

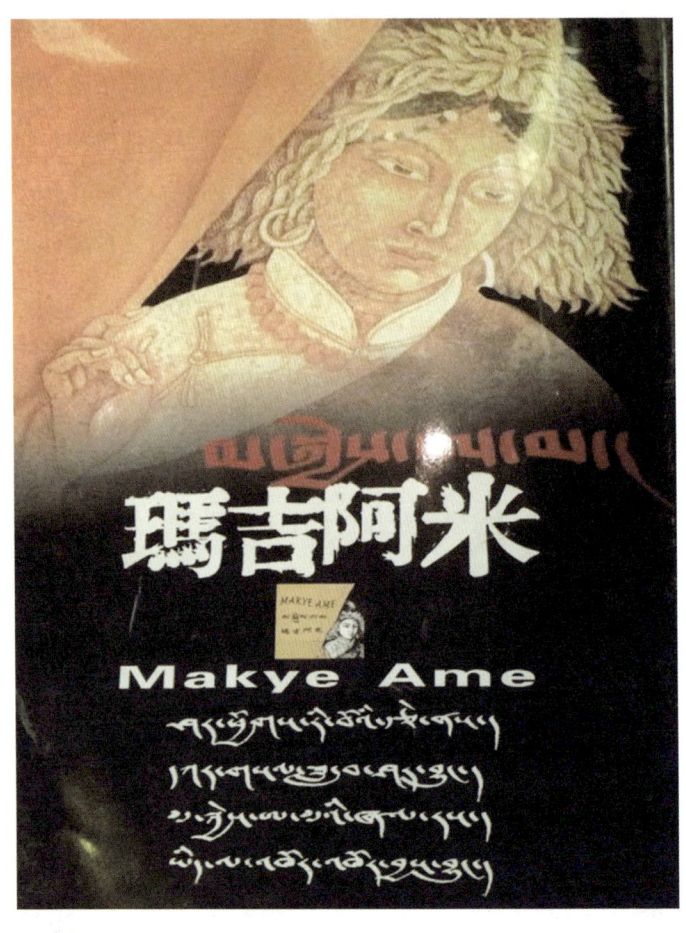

窗户望出去,可以看见对面雕花窗台上盛开的鲜花。在西藏,每户人家的窗台上都有鲜花,配上白墙,以及墙上金黄或大红的点缀,热烈而和谐。

这样的时刻,是适合做梦的。时光仿佛就在这里停滞。又仿佛倒流回仓央嘉措的年代,追随这位智者对于浪漫爱情的苦苦寻觅。他曾在这幢黄房子里写下著名的诗歌《在那东方山顶》,如今这首诗就印在了酒吧的菜单上:

在那东方高高的山顶,
升起一轮皎洁的月亮,
玛吉阿米美丽而醉人的容颜,
时时荡漾在我的心房。

每次来酒吧,只要翻开菜单,都会看到这首诗。我有些恍惚,在离家乡千里万里之外的这个远方,心里充满了莫名的惆怅。当我握着笔,也想在留言簿上写下几句话的时候,却什么也写不出来,只是觉得空茫和孤单。

我不会忘记,坐在那个靠窗角落里所体验到的那份刻骨的孤单。继而我对自己产生了疑惑。远方和旅途,是我一直以来的梦想。然而,当梦想成真,身在远方和旅途中的我,感受到的却是从未有过的孤单。那一刻,我心里牵挂和思念的远方,却是我的故乡,我的家。

我开始追究我的孤单,追究我的梦想,追究我对远方的向往和迷茫的终结所在。但是很快便释然了。我是在细细品味"玛吉阿米"之后才释然的。"玛吉阿米"的藏意可引申为——尚未实现的美丽的梦幻。

那么，对仓央嘉措来说，玛吉阿米就是他最为美丽的梦想，是他诗意的远方。他用短短的一生，跋山涉水去寻找他的梦想和他的远方。我相信在仓央嘉措的旅途中，任何的风花雪月，都会触摸他敏感的神经末梢。每一次的出发，都只因心存梦想。

在我的内心深处，远方已不是一个充满幻想的词汇。而是我的一切。它在旅途中告诉我，远方只是让我通过物理上的距离，抵达心灵的遥远，并指向故乡。故乡即远方，甚至是更为幽深的难以抵达的远方。

- 2005

远方,让我通过物理上的距离抵达心灵的遥远,并指向故乡。故乡即远方,是更为幽深的难以抵达的远方

重回色拉寺

几天前离开色拉寺的时候,我没想过我会再来。当我重新踏进那个破旧的小红门,越过那丛格桑花的时候,我也万万没有想到,我会碰不到格桑。

一路上我都想着,只要我走进小红门,掀开白色的布帘,格桑就一定会在那儿。就像院子里那丛格桑花一样,是生长在那里,固定不变的。

可是格桑走了。

我问了好几个喇嘛,都听不懂我的话,好不容易找到能懂汉语的,又说这里没有格桑这个人。

突然想起,格桑这个名字是不存在的,实际上我并不知道他的真名。于是,我又回到那个小红门,希望能遇见那天和格桑在一起的那几个喇嘛。

临近中午,我终于见到一位那天和我一起坐在地上的喇嘛。谢天谢地,他还认识我。虽然他的汉语不好,但我还是听懂了他的意思。他对我说,格桑去了另一个喇嘛庙修行了，不知道什么时候会回这个地方来。也许都不回来了。他并没告诉我格桑去的那个寺庙在哪里，我问他，他也说不清楚。我想，也许这就是缘分。

我想起格桑送我的礼物，想起我也许一辈子都不会再见到他，想起我连他真实的姓名都不知道。心里一阵伤感。

我有些茫然地往回走。后来又折回身，去了寺院后面的那个山坡。那儿依然盛开着大片的格桑花。走过玛尼堆的时候，我拾起了一块漂亮的玛尼石，我真的好想把它带回家。可是，想起那天格桑说的话：带回家去只几个人看到，放在这里却会被很多人看到。我又把它放了回去。

从色拉寺回来，我开始向人询问去阿里的车子。经过好多周折，我终于遇到了几个结伴搭车的人，他们住在亚宾馆。那晚我去亚宾馆找他们，他们给我几分钟时间考虑，车子明天一早就出发，要求跟他们车去的人还有好几个。如果我不去，位子就让给别人了。我瞬间就做了决定，决定明天跟他们一块走。

我们约好第二天在亚宾馆大堂等。那晚，我回到八廊学。Lucy 出去还没回来，那个北方男人一早就退了房。我望着那张空床位，不知会不会有新房客住进来，又会是怎样的一个人，男人还是女人。

我开始整理我的旅行包，心里空落落的。过了今夜，我就要告别拉萨，走进阿里了。那一瞬间，心里竟然没有一点激动，反倒有一种说不出来的茫然感觉，感觉自己就要踏上一条完全未知的充满冒险的旅程，和我结伴的那些人，我一个都不认识。从明天开始，我却要和他们在陌生的旅途中，结伴度过大半个月。

天完全黑了下来。我又接到那个瘦高男人的电话。他说他和几个朋友已联系好了一辆车子，在冈拉梅朵等我过去，商量怎么走阿里的路线。我告诉他我已联系好车了。他在电话里沉默了一会，问我能否改变主意，跟他们的车去。我断然谢绝了。

"那你能否过来喝瓶酒，算我为你送行？"他在电话里做最后的请求。

我想了想，还是拒绝了。拉萨的最后一夜，我是在玛吉阿米酒吧度过的。还是坐在那个靠窗的位子。从窗口望出去，深夜的八廓街笼罩在一片黑暗中。

我开始想象阿里，想象那一片传奇一样荒芜又冷寂的藏北无人区，想象那里的无垠的天与地，以及天地之间的漫天的雪，和大漠的风。我将在那里度过我孤单的半个月，或更长的日子，有一股悲壮和孤独的情绪，在我胸间滋长。为了控制此种情绪的漫延，我给远方的朋友发去短信。记得有个朋友曾在短信里送给我一句话：孤单是一个人的狂欢，是一个人的成长仪式。

我知道我的这种孤单，也只有在一个人的旅行中，才能如此彻底地感受，并逐渐将之消化为一种走向成熟的养分。孤单，是另一种丰盈。

— 2005

东方的耶路撒冷

....
....
....
....

抵达冈仁波齐那天，骄阳似火。整个人都冒着烟，好像身上所有的水分都被烤干了，爆裂的嘴唇，一开口便生疼。但在见到冈仁波齐那一瞬间，还是抑制不住地狂呼出声，那时的激动和欣喜，完全顾不得来自身体的疼痛和不适。

冈仁波齐，海拔六千七百多米，地处冈底斯山脉。与喜马拉雅山遥遥相对。冈仁波齐长年被皑皑白雪覆盖，就像一顶壮观的大银冠，凌空直指云霄，有唯我独尊的气派，它是举世瞩目受亿万人崇拜的神山。

那天，我终于爬上冈底斯山，仰望着洁白神圣的冈仁波齐峰，听着云朵擦身而过的声音，一条蜿蜒的山泉在山脚下无声流淌，我站在半山腰，眼睛被雪光刺得睁不开。那一刻，不敢相信那是真的。

冈仁波齐是东方的耶路撒冷。据印度教传说，湿婆独居神山修行，法力无边，成为可以摧毁一切邪恶和创造一切善良的大神，他们将神山看作是湿婆的化身；而佛教徒却把它视为世界的中心——须弥山的象征,山顶为帝释天之居;对本教来说,冈仁波齐是本教众神的居住之地,是雪域藏地的灵魂;对耆那教来说,它又是创教人筏驮摩那获得解脱之地。因此,冈仁波齐是多种宗教和神话叠加的圣灵之山,是各方神灵汇聚的万神殿。这座充满了宗教神话故事和历史传说以及种种动人传闻的神山,对于佛教、印度教、本教和耆那教徒来说,它即是世界性的宗教圣地。

所以,每年都有各教派的信徒,从四面八方涌向冈底斯山来朝圣。对于很多藏民,和那些来自印度、尼泊尔、不丹或巴基斯坦的信徒来说,去冈底斯的朝圣之途是神圣而光荣,遥远而艰辛的。在只有徒步行走的年月,人们为了到冈底斯山朝圣,有的要提前半年甚至一年启程,数千里的遥途,或穿越无人区,或翻越喜马拉雅山,他们有的沿途乞讨,甚至死在半路,再也没能返回家乡。死在冈仁波齐转山道上的信徒也非罕见,而能死在冈仁波齐身旁的人被看作是一种福气。过去有钱有势的人家,或居住在冈仁波齐附近的百姓,将尸体送往冈仁波齐,以祈求死后转世人间。

因此,居住在冈仁波齐附近的藏民是幸运的,他们拥有冈底斯就如拥有一种至尊和精神财富。他们去尼泊尔、印度或青康藏区,只要一说他们是冈仁波齐附近的居民,就会受到特殊的礼遇。

据说来过神山朝圣的外地人和外国人,回到家乡后,也会处处受人敬仰,且自视高人一等。印度教徒认为,只要朝拜过冈底斯山,其他的山就不用朝拜了。他们相信,围绕冈仁波齐转一圈,即可洗尽一生罪孽;转上十圈,可在五百轮回中免受地狱之苦;而转上百圈者,便可升天成佛。

冈底斯山受人敬仰的理由,还因为它是世界上海拔最高的恒河、印度河、布拉马普特拉河的发源地。在信教者的心目中,这些河流与冈仁波齐有着神圣的关联。

我坐在冈仁波齐峰下,仰望雪山变幻无穷的美。阳光下的冈仁波齐是妩媚动人的。雪峰上飘着一片云朵,那是传说中的旗云。雪峰洁白的躯体上,有一道竖向的沟痕,和数道横向的岩印,那几道黑色的痕迹看上去非常显眼。很奇怪白雪为什么没有将它们覆盖。

相传,在1040年至1123年期间,佛教的米拉日巴大师,与本教徒纳若奔琼为了确立"神山之主",曾在此山斗法。米拉日巴和纳若奔琼二人分别按顺时针方向和反时针方向转山,但由于势力均衡、相持不下。最后决定于十五这一黄道吉日比赛登山,先到冈仁波齐峰顶者即为"神山之主"。

那是一个不同凡响的日子。十五日的凌晨,本教的纳若手摇单钹,腰别皮鼓,快步奔向峰顶。而佛教的米拉日巴却稳坐山洞中,与他的弟子们讲经传道。到了日上三竿,他方才走出山洞,望见纳若拼命绕山而上,他悠然对弟子们说:"此人乃无能之辈。"又过了一阵,他才平步青云,扶摇直上山顶。待到纳若筋疲力尽到达山顶时,抬头却见米拉日巴早已在山顶诵经,顿时羞愧得无地自容,双腿瘫软,连人带鼓滚下山去。他掉下山的痕迹便成了冰雪也不能覆盖的黑色深沟。

争夺"神山之主"的,还有印度教人。据说,此山原是平原,但在突然的某一天,神奇般地出现了一座山峰。消息传到印度,一高僧贡氏赶来,想搬走此山。他用一根粗大的绳子想将此山拉走,但,在他拉的时候,突然出现一群仙女在他身旁载歌载舞,他便忘记了拉山。而与此同时,释迦牟尼知道众多教派都在争夺此山,而他认为"此山就应在此,不能搬至他处"。于是,他用脚在神山的四周踏了四下,以作标记。并令四面神看守神山。等贡氏看完仙女们的舞蹈后,再去拉山时,却怎么也拉不动了。但神山上一道道的绳子的绑痕,却从此留了下来。

关于神山的传说不胜枚举,每一种传说都有很多种不同的叙述,但不管哪一种传说,或者哪一种叙述,都牵连着神山的历史和宗教的脉络。对于各大教派的信徒来说,冈仁波齐的存在,就如太阳的存在一样,是唯一的。它的美与神圣，经过千百年人类无数次的神话叠加和历史与文化的累积，再加上信徒们络绎不绝的朝拜，早已成为一种无限。

夕阳西下，乌云笼罩山顶的那一瞬间，眼前的雪峰突然像魔鬼一样令人恐怖。四周盘旋着巨大的疾风，流云飞涌。神山在骤然而至的暮色里隐于无形，但却有一种奇特的气势，让人不敢接近。感觉到整座雪山正被一种冥冥间的气息所笼罩，有神性，也有魔性。

那晚，我就住在神山脚下的小旅馆里。深夜的时候，风清云淡，几点星星偎着一轮圆月，冈仁波齐透出一股暗幽幽的银白色，在月光下静静侍立，端庄祥和，显得无比圣洁，就像一尊无比庄严的大佛。

真是变幻莫测啊！那一夜，我倚着窗，无法将目光从雪峰上移开。好像有魔音从雪山顶上传过来，竟然有一种想登上山去看看的欲望，希望能去碰一碰那山顶闪着魔光的白雪，看一看站在山顶会有怎样的胜景出现。突然便明白了登山者的渴望和激情，那来自雪顶的吸引和诱惑，确实令人难以抵抗。

据说，曾有很多登山者都想登上冈仁波齐峰，但至今，没有一人能够如愿。在这世上，有很多愿望，都是我们无法去实现的。

夜已很深，心里竟有些荒凉，还是睡不着。于是开了头灯，翻看一张不知被谁丢弃的旧报纸。看到一则关于耶路撒冷的报道。我从未到过耶路撒冷，也许永远都到达不了。但耶路撒冷这四个字，总是会出现于电视、网络或者报纸的醒目处，以一种受苦受难却傲然不倒的身姿。今夜，在有着各派宗教纷争的冈仁波齐峰下，再次读到这四个字，心里莫名地浩荡起来，感觉有漫漫悲情如海浪般翻滚，并在四处汇聚弥漫。

– 2005

穿越雪山聆听上帝的声音

....
....
....
....

阴沉沉的下午，雨一直没有落下来。我们的车子在裸露着矿藏的黑色地皮上狂奔。周围的群山成了巨大的阴影，阴影里飘满冷风。

米玛在路上不止一次地嘀咕低语，如果运气好的话，就能赶在下雨之前穿过雪山。那天下午，我们将穿过两座雪山。藏族人称那两座雪山为老子达板和小子达板。最高海拔六千多米。米玛的喃喃自语，像是一种自慰，又像是一种祈福。我想米玛在心里肯定已无数次地在向上苍祈求。他的低诰有时恢复回藏语，由于听不懂藏语，那种低沉的喃喃自语，听来便有一种说不出的莫测和诡秘，令人心生疑惧。

我们大口大口地喘着气，粗重的呼吸声，出卖了我们故作镇静的表情。我们的内心充满紧张和亢奋，带着去冒险的刺激和快感。我们乘坐的4500越野车，那一刻仿佛就是即将发射的神舟六号，而我们就坐于其中。

在陡峭的上山路中,我们为窗外的雪山之美震憾不已,几次都想停下来用相机摄下眼前的美景。而米玛死活不敢停车,他怕车子滑坡,也怕熄了火后会发动不起来。从上山爬坡开始,他就挂一挡,让车子慢慢爬行。终于到达雪山顶的时候,米玛才敢把车子停在平坡上,依然不敢熄灭发动机。车子停下来的位置海拔已有五千七百多米高。车子和人一样,随时会进入高反状态。万一熄火,完全有可能被冻住而永远发动不了。

我们明明是坐在车里一点一点慢慢爬上来的,可是到达雪山顶峰的那一瞬间,我们还是突然地控制不住。握着相机站地雪地里,连激动都无从表达,只有大口大口地

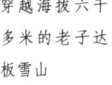
穿越海拔六千多米的老子达板雪山

喘气。每一张脸都泛着红晕，仿佛终于抵达了深藏在心底里的梦想，那样惊恐万状，那样不知所措，那样热泪盈眶。

终于，我们举起相机，狂拍。然而，终于明白，再高明的摄影，也拍不出我们眼前那一份令人震撼和忧伤的美。

我放弃了拍摄，极目远眺，除了雪和云，什么都看不到。这里什么都没有。我只明白我已站在一个远离人寰、飞鸟敛迹的地方。在这风雨欲来的苍穹中，我不知道我所感受到的竟是那样一份巨大的空落。我踩着厚厚的积雪而行，米玛在身后狂喊：回来！快回来！只要狂风刮过来，大雪随时会将你整个吞没的！

如果不是仅有的一点理智在控制着我，让我回头，我多么想弃车前行。我回头看我们经过的山谷，车轮印画出一条又一条黑的痕迹，像是一个小孩用墨笔在白纸上画下的一道道涂鸦。

就在这样的雪峰上，竟然也有经幡，它那么安静地屹立着，像是一个不真实的剪影。然而，就是眼前这堆经幡才将我们导回一个真实的世界。我们还在人间。

是的，我们还在人间。在翻越另一座山峰的时候，在云腾雾绕的雪山上，我竟然发现了一大群牦牛。那黑色而高大的牛群，具有人类所不可想象的生命力。

它们远远看上去，是如此的文静和安详。我不知道呈现在我眼前的那种文静和安详，是否可以理解成一种更为古奥的力量。它们是我见识过的最为肃穆的动物。在它们野性的黝黑中，透着某种清澈的品质，犹如白雪般的品质。它们与这里的群山朝夕相处，与昼夜交替，如此熨帖。一秒钟，一万年，完全庄重，完全憨厚。它们对时间没有感觉，或者说，是对时间保持了最大程度的礼貌。它们和时间相处得十分体面，就如和群山昼夜相处一样。

牦牛群在我眼前慢慢滚动，放大，模糊。远远地看着她们，我突然想在心里狂喊：我的亲人！

我听不见它们的声音。我不懂它们的语言。但它们却用不同于语言的方式向我传达了另一种信息。它们像一本伟大的书，在我心里打开。在那儿，我看到了浩浩荡荡的大地，看到了我的前世今生。

我相信上帝就住在这个地方。我想大声说出埋于心底的愿望，那些愿望我从不曾说出口来，我知道有些东西藏在我心里，从来不曾将它变成语言。那一刻，我想说出来，想大声说。然而我只是张了张嘴。四周好安静，我甚至不敢惊扰这份安静。我突然明白，这种安静，本身就是倾听。

车子向着更高的雪峰爬行。米玛突然回过头来，说：你们谁都不能睡觉，一定要保持头脑清醒。米玛的语气近乎命令。严重的缺氧，令我们失去了说话的欲望。沉闷的心跳声像打雷一样。车里终于有人支不住,想倒头睡觉。但米玛命令我们立即把他叫醒。人的身体在极度不舒服的时候,最好的办法就是让自己快快睡去。睡着了什么疼痛难受都没有了。然而在这种地方昏睡过去,就有可能永远醒不来。

于是我们轮流叫唤那个人,让他尽量清醒着,用意志力来抵抗高反症状。但他还是昏昏沉沉地,提不起一点精气神。

我忽然觉得,我们的叫唤有点像在叫魂。想来令人毛骨悚然。

穿越那两座雪山,大概花了五个多小时。对我们来说,仿佛只是一瞬间,又仿佛穿越了整个世纪。我们每一个人仿佛在经历那五个小时以后,得以重生。我们在雪山脚下欢呼出声。像是庆祝我们的重生。

雨终于在那个时候落下来,将天空落成了黑色。

- 2006

卡嘎小镇

....
....
....
....

在某个秋天，明媚的晨光中，散发出梦幻般的美丽，我搭上一辆越野车走进阿里。这在我有生以来的经历中，是最为奇特的一次。当车子向着阿里急驰而去时，我的心像一只自由的鸟，飞向一个茫然而刺激的未知世界。

　　当车子经过日喀则向下一站出发的时候，路突然就变坏了，四周荒无人烟，路上很难见得到人。偶尔遇到一辆车子驶过，飞扬起长长一串尾尘。

　　对于一个亲历者来说，回想这样的情景，绝对是难以自抑的。那一刻，我们专注好奇的神情和疲乏的体态，已和高天厚土深深地、无可挽回地契合在一起了。这种契合满含亲切与抚慰。一朵朵洁白的云就在身边游动或滞留，感觉自己的灵魂和身体就跟着这些云紧密无碍地在世界屋脊上行走着。这样的体会一路上无处不有。那是一条云中之路。

　　一起搭车的人都是陌生的旅行者。这样我可以沉默或者保持不说话,我喜欢这种状态,对我来说是一种自由。这样的自由,在独自仰望蓝天白云的时候,特别强烈。

司机米玛是个藏族人,能懂汉语。在一路的颠簸中,他告诉我们天黑前会赶到曲玛,晚上就住那儿。可是我们到了曲玛后,却已天黑了。举目望去,只看到一座房子,黑乎乎的没有一点亮光。车子在那座房子前停下来。鸣了几声喇叭,还是没有人出来。倒是引出来几只野狗,狂吠着扑向我们。我们坐在车子里谁都不敢下来,连司机也犹豫着。

米玛说,还是继续往前开吧。他说下一站就到卡嘎,比曲玛地方大,应该会有地方让我们住下来。

但是车子开至一半时,米玛又后悔了。他说这里的路经常会塌,说不定在哪个地方又坏了,车子过不去怎么办?也许米玛已预感到了危险。他说这话的时候,已是晚上十点多了,回到曲玛已是不可能。

果然在十几分钟后,米玛的车子戛然而止。湍流的溪水横亘在我们眼前,在淡淡的月光下闪着点点寒光。四周是一片黑乎乎的寒冷。什么也看不清。

米玛说,看来只能回头了。他担心前方的路会更坏。但是我们都不愿意再回到那个只有一座房子的地方去。我们怀疑那座阴森森的房子是没人居住的,或者压根就不是人住的地方。越想越害怕。还是坚持要继续前行。出来旅行的人，对于未知的地方总是充满幻想和宽容的。哪怕下一站的卡嘎小镇比曲玛更可怕，我们也认了。

于是我们几个人都跳下车来，帮米玛一起搬石头填路。幸好水不是太深，越野车的底盘又高。填了些石头，几个人齐心合力总算把车子顺利地推了过去。

非常奇怪的是，那一路上我的心里除了感觉刺激和好奇以外，一点害怕都没有。但事后回想起来，却是非常后怕的。

经过三个多小时的狂奔。终于到了卡嘎。一眼望去，只四五栋房子高低不平地分布在平原上。这就是比曲玛大一点的小镇。

只有一栋房子亮着微弱的光。米玛将车开进这栋房子的院子里，是一家招待所。一个男人朝我们走过来。米玛用藏语和他聊了会，然后告诉我们有房间可以住。每人三十元钱一晚。我们立即答应。我们没得选择。

对于卡嘎，这个走进阿里第一晚入住的地方，我已不能确切地描述它。我们在黑灯瞎火的半夜住进去，又在天还未亮透前离开。所以，每次当我很专注地回忆那个小镇的时候，眼前总是出现一片黑乎乎的景象，像电影中一晃而过的某个遥远而模糊的场景。

但我却异常清晰地记住了我住过的那个房间,和房间里的那个陌生男人,以及我那夜的梦。

别人都安排好了,我被安排在一个二人间,和一个陌生的男人住一起。在拉萨的青年旅社里,我已知道有男女混住的习惯。但是,在这么一个诡秘的陌生小镇里,要和一个陌生男人共度一个夜晚,总觉别扭。但事后想想,也是少见多怪。在这样的环境里,也只能随遇而安。有一张床能让你安身已很不错了。

陌生男人以他的经验,教我晚上睡觉前最好不要洗脸洗身体,以保持体力抵抗高反。并要穿毛衣牛仔裤睡觉,以免着凉,也方便第二天起床。

其实招待所里根本没有热水可以洗澡,连提供的冷水也少得可怜。

柴油发电机响了二十来分钟后关了。我们在黑乎乎的房间里,各自将睡袋铺在自己的床上,然后和衣钻进睡袋里。我在拉萨买的是个薄睡袋,只能在睡袋上再盖上招待所的棉被才不至于挨冻。棉絮硬硬的结成了块,发出一阵阵难闻的酸臭味。后来实在臭得睡不着,便将衣服闷住头睡。也许是一路奔波太疲倦,终于昏沉沉地睡了过去。

大概在凌晨三四点的时候,我被那个陌生男人唤醒。我的眼角湿湿的。他说,我听见你哭了,刚刚是做梦了,还是身体不舒服？不会是高反吧？

我有些气喘。那男人说，凌晨三四点是一天当中氧气最稀薄的时候，人往往会在这个时候因为胸闷心跳而醒来。

而我却感到彻骨的冷。窗外下起了雨。想起在睡觉前开了窗便想去关窗。那男人却说，宁可冻死也不能关窗。在这地方缺氧比挨冻更可怕。

我重新拉过被我踢掉的棉被压在身体上。气味实在受不了，便索性坐了起来。听着咚咚的心跳声，我开始想我刚刚做过的梦。我梦见和很多野狼野狗一起行走在荒无人烟的天地间，提着心，吊着胆，走着走着，却连野狼和野狗也不见了，天地间只剩下我独自一人。我好像是在一种巨大的恐慌之中醒过来的。

半晌，那个男人问我怎么还不睡。

我说我想上厕所。

男人说下床找地方蹲一下吧，外面最好不要出去，太冷。

我愣在床上没有说话。过一会男人又说，你用那个脸盆吧，反正明天我们也不会用它洗脸。

我还是愣着一动不动。我知道离房间不远的地方好像有个厕所，但是在这个没有灯的黑夜里，我绝对不敢一个人走向那个厕所。我突然觉得我已说不出话来。一种说不清楚的情绪涌上来，委屈得直想掉泪。

陌生男人好像感觉到了什么，突然哗一下拉开睡袋拉链，钻出身子说：走吧，我陪你去厕所。

我从睡袋里钻出来，仍然没有说话，我怕一张口便会哭。

我们各自摸出手机。手机在这里已失去它本来的功能，这里没有网络，只是被我们当作照明工具。我们借着手机屏幕这一点微弱的光亮，摸摸索索地向厕所走去。所谓的厕所也无非是在地上简单地挖个坑，周围用些东西遮一下。人走进去，脚底心痒痒的，踩下去要点勇气。

我们一前一后地走回来，都没有说话。其实在那种时刻，说话是对体力的一种消耗。我已记不起来我那时的表情是怎样的。我一定很尴尬。幸好是黑夜，任何表情都没人看到。

出去走了一趟，气更喘了，又冷，我们赶紧钻回睡袋里，让自己平静下来。那个男人睡前又将窗门开得更大些。可能是下雨气压低的缘故，明显感到头晕胸闷。

不一会，我听见那边传来男人轻微的打鼾声。而我睁着眼听着窗外的雨，却怎么也睡不着。雨滴越来越重，冷气从窗外一阵阵地灌进来。我怀疑雨已变成冰雹了。

— 2005

橱窗外的藏族女子

月光旅馆

....
....
....
....

月光旅馆,坐落在札达县里。说实在,我对月光旅馆并没有什么感觉,也没有很深刻的印象。它和很多私人开的小旅馆一样,简陋潮湿,且带着淡淡的酸臭味。记住它,只是因为一个女人,还有旅馆旁边那一片小树林。

札达离古格只有十八公里,在这样的地方,能遇见一片树林,真是非常难得。好几天都没有见到树木了。那天下午放下行李,想去树林里走走。说是树林,其实也就一些叫不出名字的树零零落落地站在这个县的顶端,和街对面一座光秃秃的土丘遥遥相对。也许和周围的一片荒漠相比,那片绿色的树木尤为醒目,自然它便在我心里成了一片诗意的树林。

成片的树木都直直地伸向空中,非常挺拔魁梧,从它们匀称的身材和差不多的高度来看,一定是在某一年的同一时刻,一起下种的。树与树的间隔很大,整片树林一眼就能望穿。阳光从树梢洒落下来,将树叶晒得暖暖的。高原的大太阳热烈无比，风中飘过来淡淡的植物香，非常的令人陶醉。

我忽然看见一个女人匆匆地走过来，走进树林，就在离我不远的一棵树旁边蹲下去，她一甩拖地长袍，蹲得如此从容，又如此肆无忌惮。

我认识她，她就是月光旅馆的一个服务员。是她帮我们拿来一壶热水。我们房间五个人，喝的洗的全在那儿，我过去向她再讨一壶水，她笑着拒绝了。也许她摇头并不是拒绝，而是她根本听不懂我在说什么。反正我没讨到水，我只记住了她。我想也正是那壶水，让她记住了我。她在我面前蹲下去的时候，朝我笑了一下。她笑得那么自然，而我却不好意思地走开了。

那片树林就直直地对着街道，没有任何阻挡。但是比起其他地方来，那片树林自然成了人们如厕的最好去处。

有那么一瞬间，我想把这样的场景拍下来。我甚至想，当那个女人在我面前蹲下去的时候，如果我拿出相机来拍，她一定不会反对。但是，我这又算什么呢？这样的拍照除了猎奇以外，难道还能称之为艺术吗？

都说艺术来源于生活。其实这里的人们的生活极其简单，包括她们的思想。我沿路遇到过一些女子，也拍过她们一些照片。她们的眼神一律清澈如水，可能她们生来便信佛，脸上便有一种与生俱来的虔诚。由于信仰的充实，我相信她们的精神生活也是充实的，但是，毕竟无法掩盖事实上的贫困。我看到了衣衫褴褛的爬行者，看到了背着孩子的牧羊女，看到了沿途的乞讨者。这样的情景，总是让我陷于一半感动一半同情当中。在那样的时候，总是不自然地会眼圈发红，心里充满悲悯。

身为女人，我特别留心那些路遇的女人。艰苦的物质生活，令她们的身材走了样。缺乏成长中必需的营养，她们便有了肥硕的乳房，为了应付劳作而毫无节制地喂饱自己的胃，她们便有了鼓起的腹部。这在整天为节食和减肥而奋斗的都市女人来看，简直是不可想象的。而她们就这样成熟于生命的艰苦中，成熟于几乎没有什么人的环境里。她们成熟于自然。她们就是这个高原上的一种作物，跟一块石头，一粒沙子，一朵不知名的小花一样，属于大自然。

走进阿里的这些日子，以为路途的艰辛，和对高原环境的不适应，会令自己瘦下去。没想到那些天，天天在胖一些。自己都能感觉到腹部在日渐肥胖，脸蛋也越变越圆。半个月后才知已胖了十几斤。我自己知道，在这样的环境下，只要身体能适应环境，一般都不会瘦，反而会胖。因为为了对付环境的恶劣，提高身体能量，我必须每天提醒自己多吃一点，再多吃一点。就像那些路遇的女子一样，为了对付日常劳作,她们自然会增大食量。她们绝对不会理解城里女人为了减肥而节食的行为。

她们是未经修饰的自然的生命,坚韧而自足。她们根本不会知道什么是名,也不知道什么是利。也许从夹缝里知道些世局,但并不关心。她们大多都是快乐的。可她们又不刻意去追求快乐。这是最高的境界,也是最低的境界。

但不管怎样,她们是女人,女人总是爱美的。从她们穿的鲜艳的藏袍,和佩戴的各种饰物中,无不透露出她们追求美的天性。

我在一个小商店外再一次看到那位女子,她正对着橱窗玻璃当镜子照。她的指尖一下一下地抹过嘴唇,是在涂唇彩。她的指甲涂满鲜艳的蔻丹。她的动作从容自然,就如她在树林里蹲下去一样自然。又好像那玻璃本来就是她家里的。

我静静地看着,双眼忽然便有些潮湿。这位女子,以及生长在这里的女人们,她们多么像开在荒漠里的繁花。

- 2005

夜宿嚓卡

那夜，宿于嚓卡。凌晨三点，一阵军车的长鸣，让我从心惊胆战中惊醒过来。一个小小的土房子里，睡了我们五个人，不知哪个兵站的军车就停在我们睡的土房子外。尖锐的长鸣穿刺了夜的寂静，从土墙外直撞进来。土墙边就睡着司机米玛。当我们几个人都从睡袋里发出各种抱怨声时，米玛却一声不吭地睡在那儿，不知道是那声音没有吵醒他，还是他已习惯了这样的鸣叫，就像突然听到荒原里野兽的嚎叫或雷鸣电闪一样自然。我们不得而知。于是，我们轻声的抱怨都噤了声。

大概半小时后，那辆军车终于开走。我再也睡不着，摸着黑绕过一地的行李出去找厕所。虽然穿了厚厚的衣裤，但仍然冷得刺骨。我哆嗦着走向一块空地，四周一片荒凉，细碎的雨像灰一样扑向我的脸和身体，一点声音都没有。在这样的地方，原来雨是没有什么声音的。雨从天上落下来，落在大地上，然后被大地吸收，它是不会发出什么声响来的。

只有城里的雨，才是喧嚣吵闹的。因为城里有太多的建筑，桥梁，雨篷，空调，汽车等等，是地上的这些物体撞击了雨的身体，阻碍了雨的跌落，才奏响了无穷无尽的雨的声音。

那么我们人，在没有群居的生存状态下，是否也像雨一样，是没有什么争执，抱怨，和喧闹的呢？

军车的长鸣引发我们的抱怨声。我们来自城市，懂得半夜三更吵醒人是不礼貌的，所以我们抱怨。然而他们，这些居住在这儿的人们，却半点抱怨都没有。

我忽然想，假如这里有属于我的一间土房，这里有我一位亲人，让我生活在这里，我的日子会怎样？我会抛开尘世的喧嚣远离都市的羁绊做一个安静的人吗？

我的身体冻得发抖，我从土房子外匆匆逃回来，绕过一地行李又将自己缩回睡袋里。除了寒冷的风从门缝里钻进来，时不时有几声呜咽声外，外面的雨，下得没有一点声音。我想起，我们睡的房子也是用土垒砌起来的，土在遇到雨的时候，是一种接纳和融合，而不是碰撞。所以下再大的雨，都不会有什么声音。

我静静地睡在床上，感觉雨的清凉慢慢地浸入土屋里，土屋变湿了，呼吸的空气便有了些凉意。这里的雨是不属于我的，这里的寂静的夜晚也不会属于我。它们只属于能够守得住这份淡泊生活的高原居民。

— 2005

在察卡小镇的上空,如血的晚霞风起云涌,张着血盆大口,一点一点吞噬着白天残留的光明

一场明朝的雨

天黑之前,我们的越野车吼叫着越过沟沟壑壑,再轻舞飞扬地绕过一个美丽的盐湖,在一堆土房子前停下来。那几座低矮的土房子,非常寂寞而错乱地立在这个叫"嚓卡"的地方。很多土墙断裂着,黄昏的风在卷起满地灰尘的同时,也将土墙上的白色门帘吹得哗哗响,像一面面白旗在风中摇曳。在嚓卡小镇的上空,如血的晚霞风起云涌,张着血盆大口,一点一点吞噬着白天残留的光明。

生活在都市里的时候,我总是喜欢夕阳的余晖和晚霞的美丽。晚霞是夕阳的延续,是一天中最后的一点光。那点光会将大地晕染出一种充满诗意的暧昧,那是一种欲拒还迎的暧昧,是可以让人产生无限忧伤的美丽。

然而这一刻,我眼前的这片如血的晚霞,却令人心生恐惧。它像潮水般席卷而来,我甚至听得见它怒吼着吞噬光明的声音。我不知道是不是我站的地方,离天太近的缘故。

小镇非常安静。我明明已站在这个小镇中间,站在土房子跟前,但我仿佛觉得这个小镇依然离我很远,这些土房子也离我很远,它们像电影中的无声镜头,在我眼前越过去,又越过来。

然后我看到有一些人,从土房子里钻出来,有男的,有女的,还有几个小孩,无论他们的身高有多少,在掀开门帘的时候,他们都是弯一下腰低一下头从门里跨出来,所以我说这些人是钻出来的。他们钻出来,走向我们,就那么直直地立在我们对面,靠得很近,但依然没有声音。我想他们一定是好奇的。对于他们来说,我们无疑是天外来客。但是,他们的脸上表现出来的却是平静和漠然。他们平静地站在那里,漠然地看住我们,一动不动。

晚霞刚刚褪去,风也悄悄停下,一场细雨飘移而来

我们几个人都默不作声，也像凝固了一样。我们被固定在人群中，一下子不知道如何脱身，如何离开他们的注视。司机还没回来，他去打听有没有空房子让我们住。在他回来之前，我们只能待在这里，待在这些人的注视中。血红的晚霞笼罩着他们，他们的拖地藏袍被晕上了另一种不太真实的色彩。他们有的双手抱臂，有的叉着双腿，就这样直直地盯着我们。只有风在身边肆无忌惮地吹响。

晚霞刚刚褪去，风也悄然停下，一场细雨飘移而来。晚霞和风，仿佛都只为这场雨做的准备。细雨本无声，而此时此刻，却是天地间唯一存在的喧嚣。雨的喧嚣并没影响他们的围观，他们对天上飘下来的雨，丝毫没有感觉。仿佛根本没有下雨这回事。他们的眼里只有我们。以至于我们也不得不对这场雨，做出最漠然的反应。这样的场面极其诡异，几乎令人产生血脉贲张的紧张感。

这诡异的场面，让我想起电影《新龙门客栈》里的一个镜头。空旷的沙漠里，一幢孤立的客栈外面，站着女扮男装的林青霞，她身边是大侠周淮安。一群天外来客将他们围在中间，林青霞对那群人说：天涯游子君莫问。他们中谁也没有说话。那时候的客栈外，正下着一场雨，一场明朝的雨，下了一地的苍凉。

我忽然觉得，我一不小心撞入了这场明朝的雨中，撞入一个从未感受过的陌生和未知的世界之中。或者,是一场明朝的雨,落到了这个小镇上,令我们无意中回到了遥远的从前。

- 2005

二十二道班的停留

....
....
....
....

我在二十二道班的停留，只是一顿饭时间，但我对那儿的记忆却很深刻。那儿只有一排土房，土房外有很大的院子。

当米玛将车子开进这座院子的时候，土房门口立即走出一男一女，他们朝我们快乐地笑着。他们快乐，是因为知道又有生意来了，或者，终于盼来了一笔生意。我不知道在这荒无人烟的地方，除了偶尔冒出几个来此冒险的游客，还有谁会到这里来吃饭。

他们举着菜单让我们点菜。其实也没什么菜，点和不点都一样。这里最充足的是牛肉和羊肉，如果有蔬菜吃，我会谢天谢地，鱼是绝对吃不到的。

我们坐在桌边等，一车五个人，泡茶的泡茶，喝药的喝药，因为过了这个店，一路上就没有热水了。亚冬开始头疼呕吐，明明是高反的症状，但他却硬说自己是胃病引起的。其他几个人也都有胃不舒服的轻微症状，都集体吞吃大把大把的胃药。奇怪的是，我却一点反应都没有，虽然在这高原缺氧的陌生的环境里，我每夜都睡不好。我的五脏六腑在恶劣的环境下，竟然都安然无恙，令我万分欣慰。也令同车的人惊讶不已。为了保持体力，我一路狂吃，我的行李箱里，一半以上装着干粮和巧克力。

老车为亚冬做头部按摩，说血液循环会减少头痛。而亚冬仍是一脸痛苦状，我们都替他担心，接下去的路会更高更艰难。

菜很快上来了。我看着这对忙碌的夫妇，默默地做着菜，始终没有吭声。也许他们早已习惯了沉默无语。在这方圆几百里都找不到一户人家的地方，他们连个说话的邻居都没有。他们从千里之外的地方来，做着清淡的生意，过着同甘共苦相依为命的日子。他们在无语中保持着一种默契。我想，他们一定已经有孩子了吧，孩子托付给了家里的老人，而他们自己却来此讨生活，或者，他们干脆不要孩子。多么艰辛。然而他们却活得如此真实。他们守着这个清淡的店，积攒一点一点的钱财，在这里相依为命，或者，偶尔也会回到他们的故乡去。

我们开始狼吞虎咽地吃饭，一副饿极了的凶猛样子，和我们疲惫的神情一点也不相称。我总是会突然想，为什么要将自己弄得这么疲惫不堪？

那一刻,不知道为什么,我满心满肺全是我家里的亲人。他们才是我的全部,是我活着的意义所在。然而我又那么渴望自由,渴望挣脱束缚,以至于将自己弄得满身疲惫。我不知道,我是想看看外面的山水,还是向往着另一种不同景致的生活。

在我们吃饭的时候,夫妻俩在床沿上坐下来,坐下来也没彼此说话,只是那样静静地并排坐着,看着我们吃饭,等候着被我们招呼。

院子里的电线杆顶端,不知何时有一只鸟在那儿停留。所有的鸟都是自由的。我们总是喜欢说,像鸟儿一样快乐,像鸟儿一样飞翔。我们向往的飞翔和快乐,都是自由的结果。然而很多时候,自由即是孤独。我甚至觉得,在天空飞翔的鸟们,在拥有无边无际的自由的时候,是否也同样拥有着无边无际的孤独。

这只在二十二道班的电杆上停留的鸟,是否也突然觉得累了?我爬上土墙,拍下这只鸟的停留。我知道我在按下快门的时候,也摄下了我这一刻的记忆。

阳光过于强烈,逆着光,我把蓝天白云拍成了乌云翻滚的景象。这只鸟,成了灰暗色调中的剪影。当我变换角度,重新举起相机的时候,镜头中却只剩下一根电线杆孤独地耸立着。鸟已飞走了。

我的心里有些黯然。虽然我知道鸟总要飞走。这样的停留不会太久。

− 2005

米玛

米玛生病了！这个看起来健康强壮的藏族男人，竟然生病了。我们只得将肩上的行李暂时寄存，带米玛去医院。

医院，在阿里地区来说是个陌生的词汇。除了狮泉河，再找不到一家医院了。我们庆幸米玛生病也生对了地方。如果在一个没有医院的地方倒下，那可怎么办？尽管如此，狮泉河的医院顶多也只是个小医疗所。那里的药少得可怜，加起来的品种可能还没我们几个人身上带的药多。

也不知米玛得的什么病，只是两眼昏花，突然看不见东西，继而，肠胃也感觉不适。医生检查来检查去，也说不清米玛得的是什么病。只是配了些胃药，挂了瓶盐水回房休息。

米玛的眼睛看不见，开不了车，让他一个人回拉萨显然是不现实的，我们不好意思扔下他搭别人的车走，只好停下来，陪米玛留在狮泉河养病。

那几天，哪儿都去不了。两天住下来，每个人的心情都变得有些糟，但在米玛面前我们始终保持心平气和。第三天中午，我们又将米玛送去狮泉河的部队医院。那儿的医生说，没什么大事，只是吃坏了又累着了，吃些药就没事了。

那天中午，米玛说他想吃糌粑。于是我们带他去一家藏族人开的饭馆。米玛用酥油茶混着糌粑吃，我看着他一口一口地吃下去，脸色渐渐地红润起来。糌粑对藏人来说，真是有着无比神奇的力量。显然，对米玛来说，吃糌粑比吃药效果要好。

一路上我们还是不敢怠慢，催着米玛按时吃药。一开始的时候，米玛还能听话吃些药，但后来他几乎拒绝吃药。他总用怀疑的眼光扫视着我们手中的药，脾气越来越不好，动不动就发火，好像我们欠了他什么似的。

后来，我才知道米玛是不太相信我们汉人的药的。他说他自己身体一直都很好，按理说不会生病的。他觉得他这次生病是因为触犯了神的旨意。对藏人来说，一个人的生老病死皆由神来决定。这次他的病也是神安排的。因为一般藏人进阿里去神山圣湖祈福，都是从南线进北线出的，这是一个顺时针方向。而我们却选择了北线进南线出，是逆时针方向。尽管他每遇到玛尼堆或哈达的时候总是开着车顺时针方向去绕一圈，据说这样能为自己带来平安，可他还是生病了。他觉得是我们选择的路线不对，才使他得了怪病。

我们无法用理论去反驳米玛的信仰。我一直以为，一个人有信仰是件好事，可以活得理直气壮。后来那些日子，我们和米玛一直相处不和谐。我们对他的脾气百般忍受，而他却对我们发火发得理直气壮。

每当他脾气不好的时候，我会给他一根棒棒糖。只要他嘴里含着棒棒糖，脾气就会好一些。最后几天，他拼命开车赶路，我们的行程因此而缩短了几天。他说他要赶着回家去。他老婆叫他早些回去，他也实在不愿再陪我们几个汉族人赶路了。

我们很担心他这样赶路，还没痊愈的身体是否又会拖垮了。他说不会的，神早已替他安排好了一切。说这些话的时候，米玛的神情非常的单纯和坦然。

— 2006

途经班公湖

....
....
....
....

一路荒凉。几天来,进入视野的全是赭红色的连绵不绝的山冈,和灰尘飞扬的荒漠。天边的雪山在阳光下泛着神圣而又冷漠的光。天空中凝重的蓝,令人觉得已穿过红尘万丈,浮身于天际之外。唯有路途中不断遇到的玛尼石,才让我们感受到一点来自人间的温暖和安慰。它们一块一块地叠在一起,直立于路旁,如一座座安抚神魂的灵塔。

很少再有动物出现。连土拨鼠,也总在我们到达之前,早早地躲藏起来。人在这样的旅途中,每每会感到豪气万丈,同时又会变得脆弱无比。

快到日土的时候,我们为偶然撞入视线的几只野驴惊呼出声,在这生命的禁区里,每一个活动着的目标,都像一块巨大的磁铁那样吸引着我们。令我们忍不住地要去发疯般地欢呼,尖叫。

我们在日土的一家小饭馆里吃饭。那家小饭馆里居然有番茄。虽然它的色泽已不那么鲜嫩,但看到它,心里突然便一阵激动。我双手捧着一只褪色的红番茄，啃一口，再啃一口，几乎哽咽。我知道我手里捧着的这只红番茄，它和我一样，来自几千里之外的某个绿草如茵的地方。那儿山清水秀，四季分明。

那天下午，我就是在这样的心情之下，来到了班公湖。当我见到班公湖的那一瞬间，仿佛遇上了一只奇大无比的诱人的红蕃茄，它那样不可思议地生长在这片土地之上。

班公湖离日土十二公里。湖面海拔四千二百四十二米，东西长一百五十五公里，最宽处有十五公里，最窄处四十米，水深五十七米。藏语称此湖为"错木昂拉仁波"，意为"长脖子天鹅"。

而"班公"是印度语，意为一块小草地。湖水大半在阿里境内，另一小半则流向印度。非常奇特的是，班公湖在中国境内的大部分是淡水，而流至印度境内就成了咸水，中间部分则半淡半咸。这令我想起家乡的芙蓉，同一棵树上长出白的，粉的，红的，以及半粉半白的花朵，那样奇特的美。

清澈的湖面上，散发着淡蓝色的烟霭。那份旷远的宁静，令人心醉。湖面上分布着很多岛屿。最奇特的是鸟岛。每逢夏季，就有数以万计的鸟儿来此繁殖。有大量的海鸥和斑头雁在此岛上聚居，偶尔会有罕见的野马群和藏羚羊出现在湖边。这里是自然界的净土,是鸟的王国。在这里可以感受到鸟类的友爱和亲情。这里没有天敌,没有干扰。只有祥和与宁静。

班公湖岸边只有一个码头,部队的军舰只在湖面上巡逻。周围无人居住。

湖内盛产斜齿裸鲤鱼和无鳞裂腹鱼,时常能看见一种飞鱼跃出水面。据说在班公湖里,经常有神鸟和湖怪出没。

我没有信仰,也从不相信传说。但在这奇迹般的地方,我却毫不怀疑神灵的存在,以及传说中神鸟和湖怪的存在。

我想起一路上过来,遇到的一些奇怪的鸟儿。它们并不在天空中飞,而是像人一样在地上走。

在荒凉的山间,我看到一种鸟,叫不出名字来。它像古代的道士一样,拄了根拐杖,阴森森地一拐一瘸地行走着。走路的声音听得很分明,仿佛一种很倔强的从膝盖里发出的声音。它那样旁若无人地前行着,仿佛要到一个很远的地方去做道场。偶尔也会叫一下,那声音像路旁孤独的弃婴。一个人在路上自言自语,并不哭。鸟叫的时候,全世界都安静下来,但那是一种没有人听的寂静,十分的荒凉而死寂。你可以从它的声音,以及走路的姿态中,察觉出它面目的古奥和神秘。

在一个清晨荒凉的烟霭中,我们经过一个天葬台。我又看见这种行走在地上的鸟。我不知道,当铺天盖地的鹫鹰,呼啸着将死去的人体簇拥,这种鸟是否也会在场。但那天清晨,我看到那只鸟,它那样旁若无人地走着,它的神态是那样的笃定和悲壮,仿佛背负着某个神圣的使命。我甚至感觉到,它的一只小手正拎着一个人的亡魂,要趁着天未亮透之前赶到什么地方去。它行走的步履有着几分凄厉,又带着几分中肯和义气。

  此刻,我就站在班公湖边。看着夕阳一点一点地落下去,渐渐沉入湖水里,直至完全消失。我突然很想很想去那个岛上看一看。那是神鸟居住的地方。

  但是我去不了。没有船可以摆渡。我相信我看见的那种鸟,那种神奇的鸟,它们一定居住在那座神秘的岛上。

-2006

帐篷里的野百合

草原和雪山在如血的夕阳下变了色，显得很不真实。一大群牛羊在悠闲地吃草交谈。在空旷无比的草原上，我被突如其来的少女的歌声吸引，美如天籁。我追随那起伏的歌声而去。歌声从一个白色帐篷里飘扬而出。

靠近帐篷时，一阵牛粪的味道在身前飘移。不知道为什么，那味道混了草的气息，闻起来竟是干燥而香甜的。那少女在帐篷里席地而坐，她一边高声唱歌，一边在编织她的辫子。她的背上已垂着数不清的辫子，辫子上挂着许多小铃铛。然而她还在精心地编织着。少女的背影看起来款款动人，她侧着头编织发辫的动作，令我想起怀春的少女。

我在帐篷前站住，我的脚步在松软的草地上并没发出什么声响，我很不愿意惊动她。可那女孩还是感觉到了什么，突然转身，歌声戛然而止。我的心怦怦跳着，为无意打断她的歌声而心存歉意。

女孩的脸升起微微的红，那是一种羞涩的条件反射。

她的双手依然停留在她的发辫上，我指着她的头发说，真漂亮。虽然她听不懂我的话，但我相信她一定知道我是在夸她赞美她。她快乐地站起身，手指我的相机，脸上充满向往。我知道她肯定想我为她拍照了。我点着头答应，并示意她从帐篷里走出来。她低头走出帐篷的时候，发梢上的铃铛相互碰撞着，发出轻微而美妙的声音来。

女孩在拍照的时候，并没有露出笑脸，或摆出任何姿势。她只是将自己静止在风景中，在我没按下快门之前，尽量做到不让自己眨眼睛。透过镜头望出去，她的脸是那样安静，那是一种心满意足的表情。有一瞬间，镜头里她那心满意足的表情，突然变成了一种呆滞。我被这样的表情弄得心情有点糟。

我让她看照片，我一张一张地往后倒，她一张一张地看着。在看照片的时候，她笑了。她的笑在刹那间令她浑身生发出一种灵动之美。

看完照片，她将目光投向我，脸上满是向往和好奇。我知道她对我们的向往，就像我们对这片美丽山水的向往一样。而我们只要有时间就可以毫无顾忌地进来。她们却无法离开。她们的转移只是和这里的牛羊一样，从一片草原迁徙至另一片草原。她们的一生都走不出草原。牛羊肥壮的时候，会有人来草原集体收买。我不知道，她们的青春她们的美丽，又会有谁来认领。在这终年见不着几个人影的荒原里，她们一生见过几个人，又有几个人目睹过她们的成长。

纯净的雪山和美丽的草原，在我们眼里无疑是一块圣地，然而对于她们，却是一个走不出去的困境。走进帐篷里，我们能看到赤裸裸的贫困。而这样的贫困对我们来说，已是那样的遥远和不敢想象。我们视这样的生活为原始。我们带着一半感动和一半同情，用不同的语言和她们交流。我们和她们原本是同一时代的人，可我们截然不同。

草原上有风，是风让这草原有了动感，牛羊在晚风中窃窃私语。女孩向她的牛羊走过去，宽大的拖地长袍在风中微弱地摇曳。她像一朵生长在荒原里的野百合。野百合纵然寂寞，总有盛开的季节。

离开那个帐篷时，我又听见女孩如天籁般的歌声，在草原的风中飘荡。我知道这是一种对话。是女孩在无法对话的环境中，为自己寻找的一种对话。包括她缠于发辫上的那些小铃铛，在她走动的时候，它们会发出好听的声音，那相互摩擦的声音也是一种对话。于是，这样的对话在这片空旷的天地之间，变得异乎寻常。

— 2006

在几乎与世隔绝的世界的尽头,我看见了她们

流动的女人和她的家

....
....
....
....

一路过来,几乎没看到一个人影,也没见到一辆车子。举目望去,无边无际的荒漠上,只有寂寞的大风在呜咽回旋。天是高的,地是雄伟沉厚的,而大朵大朵洁白的云,却从天空中跌落下来,也不依附大地,就在天地之间,在我们的身边悠闲地走过,或者安静地停留。偶然有藏羚羊和野驴成群地狂奔而过,才打破了天地之间的那份安静和悠闲。

正是中午,太阳直直地射下来。走在太阳底下,能听见自己的肌肤被炙烤着的声音。尽管我每天都涂一层厚厚的防晒霜,仍然无法抵抗紫外线对皮肤的伤害。我已感觉到皮肤的疼痛。这里的生活正在渐渐磨去我在都市里培育起来的娇柔。

当车子绕过一个垭口时,另一种完全不同的风景呈现在我们眼前。那是一片草原。有一条溪流沿山坡绵延而下,直伸进草原深处。草原上有无数白色的帐篷。有男人,女人,小孩在溪水边走来走去。他们身上的藏袍格外鲜艳。在这与世隔绝的世界的尽头,在这原始得一如天地洪荒的地方,竟然看到这么多的帐篷和这么多的人。我怀疑自己看到的是一处桃花源般不真实的秘境。而帐篷上袅袅升起的炊烟,告诉我这是人间烟火。我看到的这些人,他们生活在这儿。

我以为这是一个村庄。而米玛却告诉我们,这是一些流动的牧民,每年的这个季节,他们会从不同的地方全家搬迁过来,在这里沐浴玩耍。这里有一个温泉,既可方便沐浴又可让他们煮东西吃。从这里返回,他们将一年都不再洗澡。

我们带着疑惧走近帐篷,走近这些人。毕竟不懂他们的语言,不懂他们的风俗,更不懂我们此刻的靠近,是否会引起他们的某种禁忌。然而他们的友善和热情立即消除了我们所有的疑虑。

他们三三两两地围住我们,打着手势比画着要求我们替他们拍照,并让他们看看相机镜头中的形象,然后咧开嘴开心地笑,用我们听不懂的语言快乐地互相交流。在以后的几天,我们碰到另外的一些牧民,他们也一样喜欢拍照。我非常奇怪,他们为什么那么喜欢拍照。他们的照片我们也无法为他们邮寄,因为他们居无定所,没有一个固定地址,就算有,我们也听不懂他们的话,听不懂他们说的地址。就算听懂了,也没有用,邮差到不了这里。

后来想想，可能是因为人类共有的好奇心和爱美之心。照相让他们展示了最美的一瞬，又满足了他们的好奇心。

我离开帐篷去看温泉。温泉里的水从岩石底下冒出来，汩汩地冒着热气，那水居然是沸腾的。

一个女人拎着木桶来打水，我站在旁边看，她却友善地指着水向我摇手，然后将我拉远一点，怕溅起的水会烫到我。

我从包里拿出一些巧克力和糖送给她，她立即双手接过，高兴地邀请我去她家坐坐。她指着前方一个帐篷，然后热情地来拽我的手，我都被她的热情和好客弄得有点不好意思了。

我跟着她走进一个帐篷。帐篷里还有一个男人，想必是她的丈夫。她与那男人说了几句话，那男人忙从地上爬起来，并指着角落里一块毛毯示意我坐。那块毛毯油黑发亮，上面的花纹早已没了颜色。我知道那是他们的床，白天用来当凳子坐，晚上用来睡觉。女人将干牛粪投进火炉里生火。刚打来的水本来就是沸腾的，一壶酥油茶转眼间就做好了。男人将刚洗干净的两只碗递给女人，那女人随手抓起一块干牛粪擦干了水迹，然后又捏起裙角擦净了沾于碗底的牛粪沫子。我眼睁睁地看着她把一只原本干净的碗弄得不再干净。但我什么也没有做，只是静静地看着她把壶中的酥油茶倒进那只碗里,然后接过来品尝。她为男人也倒了一碗,自己却站在那儿看着我们喝。原来他们家只有两只碗。

我抿了一小口酥油茶,却怎么也咽不下去。倒不是嫌她的脏,而是我实在闻不惯酥油那种味儿。我装着要拍照片走出了帐篷。

女人出来送我,在身后说着一些我听不懂的话。在彼此友善的眼眸里,语言已不重要。

我拍了些照片,又经过那个帐篷时,我听见女人在帐篷里唱歌,歌声中洋溢着幸福和快乐。说不清楚为什么,我突然有一种想哭的感觉。

— 2006

流浪狗去哪儿了

....
....
....
....

在任何一座城市,只要到了黑夜我一个人走路都会感到害怕,但在拉萨我不怕。哪怕到后半夜或者凌晨三四点钟,我都敢一个人在八廓街上走。平时的我很怕狗,在我家小区就有许多养狗的,每次碰到有人牵着狗朝我走来,我都会尽量避远点。狗一般都会对着陌生人狂吠,有的还会挣脱主人的缰绳突然扑过来,不管它对你发出的是真的攻击还是假动作,都会令我吓出一身汗。但拉萨的狗不会,它们从来不会对着人进攻,或者肆意乱叫。

我想,拉萨是狗最多的一座城市了。可以这么说,只要你离开房间走出去,在任何街道和巷子以及寺院,都能见到很多狗。它们不是被人牵着抱着的宠物狗,而是一些黑乎乎脏兮兮无人认领的流浪狗,他们在路上逍遥自在地漫步或在路边睡觉,你经过它们,它们连头也懒得抬一下,似乎连一点好奇心都没有。

在拉萨,这些狗的生活方式是历史悠久的,往前追溯到百年前或更久远的年代，这里的狗就是这样自由自在地和人们一起生活，同生共存，它们从来不属于某个主人。要是在别的城市，没有主人的狗是很可怜的，不仅会饿死，而且还会被人清理。但是在拉萨，这些野狗是被放生的。在藏地，只要经过放生的狗的生命都是自由的，没有人会去侵犯它。在这座人神共存的圣城里，流浪狗的存在，也暗示着西藏与生命与万事万物间的独特联系。

  大概是从2013年开始还是更早一些，当我再次到达拉萨时，却发现那些流浪狗突然消失了。某个夜晚，我和拉萨的一个姐妹转八廓。她说，八廓街上所有的流浪狗都被人"清理"了。怎么清理的，都被清理到哪儿去了，她也不知道。她是一位佛教徒，说这些话的时候，两只眼睛红红的，声音里充满悲伤。我只能劝她安安心，一切随缘。

  一座没有了流浪狗的城市，是文明的、干净的。但没有了流浪狗的拉萨，却总让人感觉哪儿出了问题。直至2015年的夏天，我再次飞到拉萨，发现流浪狗又渐渐多了起来。虽然没有多到以前那样成群结队、随处可见，但流浪狗们又开始在人群中、在大太阳底下自由徜徉和任意睡懒觉了，心里忽然便生出些莫名的委屈和感动。

  有些时候，我会对这个时代的人们生出些恐惧心，他们太会讲文明、讲科学，对于一些自然产生的事物，只要稍稍妨碍到文明和发展,他们就会毫不畏惧地干出些赶尽杀绝、翻天覆地的行当来。他们从来只管眼前的事物,而不去管十年后、百年后,甚至更久远以后这个世界会变成怎样。他们只会急功近利地活在当下,从不顾及我们的子孙后代和后代的后代他们将在这个世界上如何生存。

我不是一个佛教徒,我不过一个俗人,一个无神论者。这么些年,西藏去多了,更加坚定地相信了人世间一定有"因果"、有"缘分",虽然这两个词,一说出口总让人感觉玄之又玄,但我相信它存在着,也相信"所有的安排都是最好的安排"。

— 2015

唐卡之约

这次到达拉萨，是因为贺中的邀请，来参加西藏多派唐卡之旅的活动。在这之前，我并不懂唐卡，更不懂多派唐卡是什么。多派唐卡的创始人多吉顿珠，他出生在著名的年叙家族里，这是一个充满传奇色彩的家族，曾先后诞生过五十二位活佛。或许受了家族的影响，注定了多吉顿珠不凡的经历和巨大的成就。

多吉顿珠在拉萨创办了他的西藏拉姆拉绰唐卡画院，画院里收了好多画师和学徒。那些人，每天在广阔的画院里潜心画唐卡，有点像学校，也有点像修道院。纯粹手工的创作，充满古老的气息。唐卡对我来说，始终蒙着一层神秘主义的面纱，它与宗教有关，与信仰有关，它那神秘深邃的气息，于我是一份难以抵达的遥远。这次见到的多派唐卡，是传统唐卡派生出来的一种新的派系，它不仅是宗教，是信仰，是修行，更是艺术。

多派唐卡以多吉顿珠的第一个"多"字命名。在抵达拉萨之前,暗自以为多派唐卡的创始人,一定也是一个遥远的人,一个古老的难以抵达的人。在拉萨的第一个晚上,是多派唐卡画册的发布会和多派唐卡之旅的开幕式。多吉顿珠一身西服,出现在开幕式上,穿梭于饭桌与酒杯之间。我惊诧于他的年轻,他的温和谦逊。他的精神气质并非遥远,他已脱下藏袍,穿上我们汉族人的服饰。他微笑着过来敬酒。我有点懵,像出现了高反时才有的生理反应。我一直处于无语中。他的身上有一种炫目的、洋溢在空气中的璀璨,这是一个散发着光芒具有某种神秘力量的男人。

  我们并没有过多的交流。直至会议结束前的那个晚上,我们几十个人,聚集在宾馆楼下的茶楼里,即将要告别了,大家都在喝酒,之前喝茶的也改成了喝酒。多吉顿珠也在。他是这场活动的创办者,仍然同每一场酒席开始时一样,穿梭往来于每一桌认识的或不认识的人群之间,他优雅从容地招呼着大家,与每一个人碰杯致敬。轮到我们那一桌,他已经有些醉了,但仍然极力维持着他的清醒和绅士风度。在我们谈笑风生之间,人民日报社的扎西向我约稿,让我写一篇对多吉顿珠的人物专访。我欣然应允。

  于是,我们有了第二天的约会。他说,这就是缘分。他问我是否信佛。我摇了摇头。他说,要是你信佛,你就会相信,人与人之间是有缘分的。我说,我不是佛教徒,但我一样相信缘分。那天我从哲蚌寺回来，他开车过来接我到一家咖啡馆里，窗外就是神圣的布达拉宫。我们聊得很愉快。四个人，除我之外，都是藏族。有时候沟通也会受阻，毕竟，是两个如此不同的民族，文化的不同和生活习性的不同，多少会造成来自词语表达上的不同和理解上的偏颇。但这丝毫不影响我们的交往。陌生与遥远，是另一种吸引。

我们自然而然地聊到哲蚌寺，因为我刚从哲蚌寺下来。去之前，听说哲蚌寺曾是全世界最大的寺庙，依山而建。以为哲蚌寺里会有许许多多的喇嘛，会有盛大的香火，会有热闹的人群。然而，当我到达哲蚌寺，却发觉寺内一片空寂，甚至有些颓败的死气沉沉。疑惑一团又一团，这么大的寺庙，不知道那些曾经的喇嘛去了哪里。走在寺庙里，就像走在一个巨大的村子里，而整个村庄却空无一人，所有的人都消失了。有一种错觉令人慌张，心里空落落的。偶尔有一两个喇嘛经过，也是低着头，一闪身就不见了。倒是有好多军人，一群接着一群，有秩序地经过。说到这里，我们突然不说话了，都不知道接下去该说些什么。

我本来想和他聊聊关于唐卡的事情，这是我与他相约的目的。对我来说，唐卡是个陌生的未知的世界，我对那个世界充满探知的热情和好奇。然而，说不清楚为什么，似乎受了某种蛊惑，我一张口，又说到了哲蚌寺。我说去寺庙时要爬一段山路，要经过一片树林，树林很荒芜，目光所到之处，会有一种受伤的感觉。倒是听到了很多鸟叫的声音，令人喜欢。听见鸟叫，就仿佛听见生命，听见大自然，觉着身边的一切都是苏醒着的，是活着的。

多吉开始沉默不语，一直听我说话。我感觉他像在思考着某个问题。他忽然抬头，说：我想起来了，我知道有一个地方，那里有很多很多鸟，有一万多种鸟，在拉萨再也没有比那儿的鸟更多的地方了，明天我带你去。

– 2012

尼玛塘寺

....
....
....
....

当时我并没有听得十分清楚,我以为多吉只是随口说说的。第二天他来接我。他让我开车,他指路,一路往拉萨郊外开。开到一段山路上,山路蜿蜒盘旋,尘土飞扬,一直开到路的尽头。看见有一座寺庙,叫尼玛塘寺。

多吉说,这里平时很少有人来,几乎没有游客,游客都去布达拉宫和大昭寺了,这里的寺庙寂静得很。多吉并没有带我去那座寺庙,而是往寺庙后面的山坡上走。他说,在这片树林里,你不仅可以听到好多鸟叫的声音,还可以看到不同种类的鸟。

果然,我一走上山坡,刚迈进林子里,就看见了好多好多鸟。奇怪的是,它们不在天上飞,也不在树上停着,却像人一样在地上走来走去,身体比鸡还大。那鸟叫什么名字?我问了好几次,他回答了好几次,我依然没有记住。他说的名字应该是藏语,我听不懂,也就没有使劲去记。

多吉一直在接听电话。我一个人在树林里走来走去,就像那些鸟一样。我有些恍惚。我忽然想起第一次到达西藏，在走阿里的途中，那里是属于生命禁区的藏北大草原，我也遇到过一些奇怪的鸟，叫不出名字来。它们走路的样子非常古怪，就像道士一样，拄了根拐杖，阴森森地一拐一瘸地走。偶尔也会伸长脖子叫一声，声音有点像路旁孤独的弃婴。

我忽然想跟多吉说说这种鸟，说说我记忆里曾经有过的恍惚。可他的电话还在继续。他总是很忙。总有没完没了的事在等着他去处理，总有没完没了的人在找他，到处找他。我依然一个人，在树林里走来走去。那天我穿着长裙，几乎拖地。我并没准备要来这个山林，也并不知道，山林里居然荆棘丛生，尖硬带刺的枝条绕缠着人，裙子扎破了，碰着皮肤，渗出一些血来。我竟然觉不出疼。

四月已经走完，五月就在眼前，此时的江南，早已坐拥着绿意盎然、百花齐放的热烈春天。在这里，竟然毫无春意，连一丝丝春的消息都没有。没有一棵树长出一片叶子，没有一棵草由枯变绿，花儿更是无处可寻。整个山林像刚刚被大火烧过，深褐色的大地，满世界的枯寂与荒凉，仿佛一直走下去，一直走下去，你就会走到地老天荒。此起彼伏的鸟叫声，像在表达着它们对这片土地的绝望深情。

多吉的电话终于打完。他向我走过来，遇到荆刺，随手一拨,一弯腰一低头就过来了。他的双手好像一点都不怕被扎伤。我本来准备着想跟他说的关于鸟的事情,却在他靠近我的瞬间,成为一片虚无,再也形不成语言。犹如忽然间一个事物被分解成了碎片,散落了一地,一时之间无从拾起。强烈的关于鸟的记忆,终成无可奉告。

山林过于寂静,鸟叫声并没能打破寂静,而是让寂静变得更黑、更加深重。深重的寂静,给我一双寂静的眼睛,我却用它寻找着诗。关于沧桑、关于地老天荒的诗篇。什么都不说,让寂静继续寂静,让恍惚归于恍惚。永远以来,令我恍惚迷糊的事物,我只能落实于文字,从来没能够用语言去诉说分明。事实上,连文字也是不能够表达的。

在这个古寂的山林里,经幡挂在树与树之间,被风撕扯着,光芒忧郁。我总觉得这些失色破旧的经幡,与远古

有着某种关联。我不止一次地在脑海里浮现出一种奇怪的念头,我眼前的这座山林,它就是一幅古老的唐卡,它是大地艺术。在这片神圣的土地上,各种艺术都通过非艺术的目的——对众神的敬畏与感激呈现着。虔诚保证了这些作品的纯粹。

也许,多吉是自知的。他领我来这里,并不完全带我来听鸟叫的声音,而是让我看一幅出自蛮荒、出自大地、出自时间之手的巨大的唐卡。或者,可以这么说,我所见的这幅古老的唐卡,它属于大地,属于时间本身。

- 2012

一座老王宫和我的一篇后记

....

....

....

....

2013年7月，如冥冥中的召唤，我再次到达拉萨。那天下午的太阳炽热如火，多吉顿珠带我穿过八廓街，来到一座藏式大院。这里曾是五世达赖的旧寝宫，松赞干布时期是最著名的重臣吞米·桑布扎的府邸。院门外的右边，有一棵茂盛的古柳树，据说是千年前的文成公主从大唐长安带来的树种，如今就如神一样守护着这座老王宫。

我随多吉顿吉进入这座老王宫，站在千年流传的屋檐下，异常清凉舒适。环顾四周，我在心里欢呼，无穷的欲望纷至沓来。我的梦想，终于以最具体和最真实的方式呈现在我面前，朝着我的灵魂深处不断招手。

这座古大院的名字叫"拉让宁巴"。藏文"拉让"是王宫的意思，而"宁巴"，即旧或老之意。我对这位藏族朋友多吉顿珠心怀感激。那时的他对我拍着胸脯说，他要将这座老王宫变成一座向全世界开放的文化艺术交流大院。他需要和我一起合作。

关键是他最后那句,他需要和我一起合作。对我来说,这无疑是件激动人心的大好事情,意味着我有"正事儿"可干了。而我又如此深爱着拉萨这座圣城。和他一起合作,有何不可呢?那时的我,正写完一部长篇小说《观我生》。是写一个藏地的喇嘛和一个汉族女子的绝望的爱情故事。故事写完了,书稿已交予出版社,反正闲着也是闲着,正好一头就撞到了我的梦想上。

关于和多吉顿珠谈合作的过程,我曾在《观我生》的后记中写到过,那篇后记的标题是"有谁见过我的梦境",我还是把那篇后记原封不动地照搬过来,若是大家有兴趣,完全可以去找《观我生》这本书,翻到后记那一页,对照一下这篇文章。

我梦见我和一匹马在一起,它对我百依百顺、任劳任怨。我们之间的沟通毫无障碍,虽然,它不能开口和我说话,但我能读懂它任何一个表情和动作。而它亦然。它对我的呵护、宽容和懂得,再没有一个人可以抵达。我每天骑着它或牵着它出门、穿过草原,穿过人群,穿过红尘喧嚣的集市,去一个很远的地方。我并不知道那个很远的地方在哪儿。但我和我的马相信,那里有足够的安静,有充足的阳光,有清风拂过我们的脸庞。那匹马,让我奇迹般地获得了从未有过的安宁，在它身边，我变成了一个柔软安详、满足幸福到忧伤的女人。在我的梦里。

我试图描述我的梦境，然而，令人沮丧的是，我根本无法用文字去完整而准确地描述出梦里所发生的一切。那份感觉真切又缥缈，它分明抓着我的心，却又难以触摸。我看不见它，可是我知道，它就在那儿。它如此强烈地占有我的感知，占领我所有最敏锐的触角，我那样迫切地想要有人分享我的梦境。

一个小时之后，我写了下来，贴在我的微信上。我读着一条又一条朋友的留言，有一种非常奇怪的感觉，他们真的看见了我的梦境似的，仿佛比我梦见的更清楚。而我，尝试回去那个梦里，却已然一片模糊。梦是如何开始的，又是如何结束的，过程应该很漫长，但其中细节无论我如何努力，都已记不起来了。我只记得那匹马，和那匹马所带给我的那份隐蔽而真切的感动，它们就像太阳唤醒大地一样，唤醒我内心深处的那部分沉寂的感知。

我想说的是，一部小说的诞生，犹如遭遇一场梦境。它首先在你心中成形，除你自己的感知和触动之外，谁也看不见它的形状，你对谁也说不清楚，甚至对自己也说不清楚，你只能通过文字去试图描述。而当你落笔去写它的时候，它就已经偏离了最初形成时的模样。它能够在你的文字里走到哪一步,走过哪一个角落,穿过哪一片河流与山川,都是不能够事先被操控的。你只是紧紧抓住你最初的感动,去通过描写出现于梦中的那匹马那样,以及通过那匹马所获得的隐蔽感动,去完成你的书写。

小说里亦有反复出现的梦境。我相信,很多梦境,是能够让我们去靠近自己,和认识自己的途径。

我的很多故事,都在途中所得。这个故事亦是如此。是我在不丹听一位藏族朋友所讲。他的一位僧人朋友在修行途中,遇见一位美丽的女子,经历了一段刻骨铭心的爱情,年轻的僧人义无反顾地还了俗。之后,却被那女子抛弃在举目无亲红尘滚滚的繁华都市里。

击中我的并非那段爱情本身,而是,在经历那场爱情之后,他们如何面对这个世界。尤其是那位从小就出家、终年在寺庙里修行的僧人,除了念经之外,什么都不会,几乎不具备任何生存能力,他又如何获得重生?可以这么说,他和我们身处的现实世界毫无关系。正是因为他与这个现实世界毫无关系,恰恰是与这个现实世界最有魅力的一种关系。

我迅速被那位僧人吸引,就像所有的作家都会爱上自己作品里的某一个人物那样。他在我心里已然是个光芒四射的主人公。通过他，我看见孤独、纯真、挣扎、欲望、荒凉、悲绝、坚强、冷酷、成长、轮回、迷失、救赎和自我救赎等，这些原本沉寂在我生命中的许多词汇，开始在我心里交织浮动，并被某种遥远而神秘的声音唤醒。那个人，他本不应该存在于这个兵荒马乱的现实世界中，然而，命运却偏偏将他抛置于此，就像进行一场穿越幽暗森林的冒险。而对我来说，鼓起勇气去写这部小说，也像是进行一场穿越幽暗森林的冒险。我并不了解那位僧人的生活状态，更不了解他的内心世界。然而，我抗拒不了冒险所赋予我的那种隐蔽的快乐。就如每一次行走，我总是喜欢去大多数人到达不了的冷僻而遥远的地方。因为神秘而美丽的冒险之花只在那些地方自由绽放。

写完小说是在今年六月底，七月初我又到了拉萨。在飞机上我重读了一遍小说。小说主人公叫贡布，名字是我虚构的，在小说的结尾，他从不丹的虎穴寺跳崖身亡。飞机降落在拉萨贡嘎机场，我还深陷于小说带给我的悲伤之中。来机场接我的是我朋友多吉顿珠的司机，上车之后，我问他怎么称呼，他说，他叫贡布。我吓得魂飞魄散。恍惚了好一会，才回过神来。定睛看了看这位正在认真开车的藏族男人，相信他并非小说里那个跳崖身亡阴魂不散的贡布。

我们在路上开始闲聊。从闲聊中得知，他曾偷渡去过印度和不丹，被抓进去蹲过几年监狱。他漫无边际地聊着，说了他很多的生活经历。天知道，这些细节，许许多多的细节，都是在我小说里出现过的，明明是我虚构的，却奇迹般地在现实生活里得到印证。

到了朋友多吉顿珠家里，晚饭过后，我们坐于茶室闲聊，贡布为我们泡茶。喝着藏茶，我忽然听见贡布在念经，他念的居然是莲花生大士。他说他到过不丹虎穴寺，虎穴寺是莲花生大士的修行地。小说里的贡布就在虎穴寺跳崖自杀的。我和贡布又聊了起来。

贡布所经历的一切，远在我的想象之外。以及我在西藏所遇到的那些朋友，发生在他们身上的经历和遭遇，听来令人震惊和错愕，荒诞之程度我连想象都难以抵达。相比之下，我在小说里所提供和想象的细节是如此匮乏和荒凉。

我所经历的生活远比我的小说更具复杂性、更具冒险精神，这一点毋庸置疑。生活如海洋广阔无垠、无边无际，小说只是海面上偶尔浮起的那一朵浪花。而每一朵浪花如幻梦，它从哪里来，到哪里去，从何时开始，又会在何地终止，都是不确定的。浪花存在于大海，而对于大海来说，是永远没有边界，也永远不会有终结的。

和多吉说着话，茶已凉了下去，我坐在那里，又想起小说里的一些细节，我的眼角红了一下，觉得自己有所顿悟，似乎进入了某种觉醒。然而，我仍然难以解释，此刻我为什么身在遥远的拉萨，在这氧气稀缺的高原，我竟然拥有了一种亢奋的力气。

我想起来，刚写完这部小说那天，我接到多吉电话，他说，你来拉萨吧，我带你去看看八廓街的一座大院，你也许会喜欢的。其实，他说的那个"也许"，只是客气而已，他在心里早就知道，我一定会喜欢的。

他带我去八廓街，去那座大院叫"拉让宁巴"的旧王宫。一座从唐开始建造的藏式大院，五世达赖的寝宫曾设在这座院子里，在他之前，是藏文字和古藏香的发明者吞米·桑布扎的府邸。这是一座充满灵性的四合大院，上下三层，紧挨着大昭寺，爬上楼顶能看见布达拉宫。大院门外，有一棵千年柳树守护，据说，还是当年文成公主进藏时随行带来的树种。

多吉又问，怎样，喜欢吧？

我说喜欢。

我去拿下来。

可是，拿下来之后我们能做什么呢？

做什么都可以。

好。

那时的我完全信任多吉有能力拿下这座大院,我俩随即签了协议。协议是我起草的,他不太懂汉字,我读给他听,他听完说好,我们各自签字摁了手印。仪式简单而隆重。

其实我明白,在多吉心里他要做什么、怎么做,早就想好了,我只需按他的设想一步步去完成就是。然而,我还是有所忧虑,他拥有一个庞大的集团公司,根本没有精力时间去经营和管理那座大院。而我,还是需要有大量的时间去写作和旅行,我还要回到杭州的家里,我不可能将所有的时间都用在这座院子里。

多吉说,你当然不能放弃写作,院子可以请人管理,你随时都可以去旅行,或者回到杭州去,想来拉萨你就来,住在这座院子里,你想写作你就写,写累了无聊了,你就去八廓街上逛逛,去看看那些朝圣的人和那些世界各地的游客,逛累了玩累了,再回到院子里,听听音乐,写写字,那时的院子一定开满了格桑花,你可以剪些鲜花去装扮你的房间,总之,你想干什么就干什么……听起来,完全就像梦境一样。

一个对汉语词汇的掌握并不十分娴熟的粗犷的康巴

汉子，居然能够一口气描述出这么一个诗情画意又浪漫安宁的生活场景来，真是令人侧目。而多吉并不浪漫，平时他几乎没有安静下来的时候，能够说出这番话似乎很不合逻辑，但那些不合逻辑却仍可以理解的情节还是颇令人玩味。或许在他的内心世界里有一种暗藏的、隐蔽的秩序，建立在这些秩序之上的正是他所描绘的神话般奇妙的梦境。而他生活的方式和环境对我来说也奇妙如神话。不过，在拉萨，有这么一个好朋友，有这么一座院子可以让我去写作，或者玩，心里只是觉得好，无端地涌起些感动。

虽然，它仍然是只未完成的梦，就如一部还未完稿的小说。在我的生活中，哪部分是现实，哪部分是梦境，哪部分又是小说，几乎是混淆不明的。我自己也说不清楚我所经历的梦境般的生活是否太像小说，而我的小说是否是我通过转换虚构的脱离现实生活的另一种梦境。没有人能说得清楚。

有谁见过我的梦境？

2013 年 9 月 5 日

那篇后记的落款时间是 2013 年 9 月 5 日，距离今天已快近两年。有一件事我没写进后记里,我是通过与我交往十几年的朋友诗人贺中,才认识这位在西藏赫赫有名的唐卡大师多吉顿珠的。

在 2011 年 4 月,贺中邀请了全国三百多人,到西藏参加多吉顿珠的多派唐卡艺术品鉴会和多派唐卡画册发布会。参会的人有媒体记者、作家、画家、诗人等。被邀请到场的,几乎都是贺中的朋友。我也受到邀请。我们浩浩荡荡几百人,潮水般涌至拉萨,去参观了多派唐卡的创作基地。多吉顿珠的唐卡画院在达孜县,离拉萨大概半个多小时的车程。九十多亩大的画院堪称辽阔气派,令所有人羡慕。

唐卡画院有一半的场地,是用来制作藏香的,藏香的品牌叫"吞柏古藏香",是用几十种藏药材手工制作而成。据说在市场上的名声仅次于"优·敏巴古藏香"。"优·敏巴古藏香"的包装设计者是贺中。朋友们都称贺中在这方面绝对是个不可多得的天才。"吞柏古藏香"在市场上的销售次于"优·敏巴古藏香",这跟包装设计大有关系。这要怪多吉顿珠一时疏忽,请了别人来设计。因此,多吉顿珠几次跟我提及此事,他再三求助于贺中,把"吞柏古藏香"重新进行设计包装,改头换面之后再亮相于市。贺中勉强答应了。贺中的勉强,并不是不愿意帮忙,而是,他确实是太忙太忙，他一年到头忙于全国各地游走喝酒，好不容易回到拉萨，白天睡觉，晚上开始到天亮要泡好几个酒吧，哪有时间坐下来搞设计和包装，实在被朋友们逼急了，他就在酒吧或咖啡馆里硬着头皮帮人搞设计。我也好几次在拉萨的咖啡馆里看到贺中在帮人设计LOGO。他在做设计的时候，身边永远坐着个抱着电脑的设计员，而贺中对着电脑屏指手画脚，把自己的思想传达给那个设计员。

参观期间，大家在仙雾缭绕的藏香中，纷纷赞叹着唐卡的精美和神圣，虽然这些来自内地的人，几乎没一个是真正懂唐卡的。本来隔行如隔山，不懂没关系，会赞美就行。

贺中告诉诸位，多吉顿珠在西藏，唐卡和古藏香事业只是他庞大产业里的一点毛毛细雨，多总的集团公司，还同时经营着其他的一些大项目。那些大项目，是那次参观完后才知道的，确实相当大。

比如，在林芝八一镇，多总向当地政府拿下一座山，他计划把那座山开发出来造高档精致的别墅区，供全国的文化人入驻度假所用。林芝地区，海拔只有两千八百米，比拉萨还低一千米，素有西藏的小江南之美称。一到春天，林芝遍地花香，景色宜人。

又比如，多总已拿下拉萨八廓街的五十六座藏式古大院,八廓街是拉萨最为中心的心脏部位,是所有游客的必到之处。也将在多总的策划引领之下,重新改造成以藏文化为主的充满文化气息的街道和商铺,重新开始招商引资。

再比如,就在唐卡画院的对面有一千亩空地,也被多吉顿珠拿下,不久的将来,他将把那一千亩空地变成西藏唯一的"藏文化博艺园"。藏文化博艺园的策划书也是贺中做的。多吉顿珠把那本装帧精美而厚重的策划书交到我手上时,我是用双手抱过来的,因为实在过于硕大而厚重。我还差点抱不动。翻开来,都是藏式建筑图片和文字的搭配简介,每一页都精美华丽,叹为观止,不得不赞叹贺中的博学多才。

现在回想起来,那年到达拉萨参加唐卡品鉴会的所有的人,都以认识贺中为骄傲,包括我,我们眼里的贺中,无疑是天才,是王子。他一生离过四次婚,第五次娶的女人,年轻貌美,一不小心我们也成了闺蜜。但离几次婚算什么,尤其像贺中这样伟大的天才,再离奇的事发生在他身上,也完全可以被理解并接纳。要是你无法理解他,那就是你迂腐,你笨,甚至无知。

如果说,贺中是"天才",那么,多吉顿珠就是"传奇"。天才和传奇,本就相惜相知。给人的感觉是,他们的交情深厚到用"肝胆相照""两肋插刀"等成语,根本不足以表达。有一次,贺中在酒吧里酒多闹事被人揍,多吉接到电话,二话不说便吆喝了一帮兄弟拼杀过去,人人手里拿着刀。是藏刀还是别的什么刀,我就不知道了。总之,在拉萨,他们是最惹不起的一帮。用我们的话来说,有点黑帮的意思。但从贺中的描述听来,就有点像古代的名门望族又加点霸权主义那意思。

识时务者为俊杰。有了那点意思,大家自然就像众星捧月那样捧他们,极力吹捧,狠劲吹捧。我也凭一己之力吹捧。我吹捧的方式是,帮多吉顿珠写文章,向全国纸媒和网络做宣传报道,宣传多吉的唐卡、藏香和他本人。后来贺中告诉我,三百多位参会的人当中,我写的文章在全国各地发表得最多。

记得当时,我随口交代贺中,让他在多总那儿帮我留个话,在拉萨八廓街上帮我租一座藏式小院子,我想在拉萨有个自己的会所。贺中满口答应。这对他和老多来说,就是一句话的事儿。

事实是,我开始想要的只不过是一块金子,没想到,他们却把我引到一座金矿面前,对我说,这座矿就是你的了,如果你要。

——为什么不要呢?

这么说吧,我一直想有干件"正事儿"的想法,在日积月累的过程中，已变成了挥之不去的梦想，而这个梦想由于深埋心底太久，渐渐变了质，转变成了一种叫"妄想"的欲望。

而当这种叫"妄想"的物种，一旦在心里生根发芽，理智的阻止是根本不起作用的。我承认，我已被妄想挟持。以至于当多吉顿珠告诉我，他要为我拿下一座老王宫，并将它变成一座艺术文化大院，我将这个从天上突然掉下来的大馅饼，理所当然地当成了我终于可以去实现的梦想，可以去为之放手一搏的"正事儿"。

记得多吉顿珠第一次带我去看"拉让宁巴"，我便被这棵千年古柳深深吸引。我站在大院门外，仰望着这棵茂盛的古柳。那时的柳树底下坐满了朝圣的藏人。柳树旁边开着一家很小的酸奶店，那家店就以那棵树命名，叫"古树酸奶"。门面虽小，但每天生意很火，去那家店吃酸奶的人，总是挤进挤出。

那天参观完拉让宁巴，多吉顿珠带我走进那家店，点了碗纳木错酸奶和一块酸奶蛋糕。是用正宗的牦牛奶做的，往酸奶里加了点蜂蜜，味道很不错。店面很小，只有四张小桌子，不停有人进来，都是拼桌，还是坐不下，有的人只能站着吃。人多的时候，站也站不下，只能端到柳树下去吃。吃完再自觉地把空碗还回去。店里两个穿着藏族服

多吉顿珠和他的唐卡画苑。这个从未画过唐卡的人,却被尊为唐卡大师,欺世盗名瞒过了所有人

饰的女孩,好像是姐妹,忙进忙出,额头上都是汗。

我说,这俩女孩一天能挣好多钱吧?

多吉顿珠一脸不屑,说,也挣不了几个钱的。你看店这么小,还不到八平方米,年租金就要上交三十万,还要扣去税啊什么的,一碗酸奶二十块,你去算算,每天要卖掉多少碗酸奶,才能有利润?

这笔账,我没有仔细算过,我从来都不善算术。但有一笔账,不用算,我也知道是超级划算的。

多吉顿珠让我看拉让宁巴的租赁合同,这座藏式四合院,共三层,总面积三千多平方米,租赁期限二十年,二十年之后续租,基本上就是买下来了。租费按年付,每年六十万。大院朝街的商铺店面有六家,经营藏饰和服装

· 275 ·

买卖,再加上那家"古树酸奶"小店铺,只要那份合同生效,那些店铺都将归属于拉让宁巴整座大院。当然,如果我想继续吃酸奶,可以仍然租给那两个女孩,继续让她们卖酸奶。

先不管拿下这座大院用来做什么,这么大的面积,又是名胜古迹,以这么廉价的租金租下来,哪怕什么也不做,转租给别人,也会遭疯抢。

这笔账,我想再笨的人也估摸得出来,根本不必过脑子。

然后,就是商讨如何去经营和管理的事。多吉说,这些都不是问题。首先,我们要将这座大院装修成王宫酒店的形式,二层和三层共有十九间客房,底层做展厅和接待室,可以向全国艺术家承接各种艺术展览。顶层设计成露天咖啡馆或藏餐吧,坐在露台喝咖啡或吃饭,就可以俯瞰整座拉萨城,也可望见神圣的布达拉宫。多吉顿珠的集团公司下面,本来就有吞柏古藏香公司和多派唐卡画院,在拉让宁巴的展厅里可以出售藏香和唐卡。多吉把他的藏香起名为"吞柏",缘自西藏最伟大的重臣吞米·桑布扎。拉让宁巴最早就是吞米家族的府邸。吞米·桑布扎是第一个发明藏香的人,也是第一个发明藏文字的人,同时,也是第一个将藏传佛教向印度等地做出宣传贡献的人。在西藏，只要说起吞米·桑布扎，就像我们汉人说起古代的孔子或近代的邓小平，没有人会不知道的。作为藏人的多吉顿珠，传承了吞米·桑布扎的两项发明，吞柏古藏香的制作和书法。多吉顿珠不仅是"唐卡大师"，而且还是个藏文书法家。虽然他不懂汉文字，但这并不妨碍他成为一个"著名的藏文书法家"。当五世达赖即位，还没搬进布达拉宫之前，将拉让宁巴作为了他的寝宫。现在的拉让宁巴归当地政府所有，租给十九户当地的藏民居住。因此，五世达赖和吞米·桑布扎的塑像和壁画，都不同程度地遭到破坏。多吉感叹地说，无论如何，他都要请高手将那些壁画进行修缮还原，并将五世达赖和吞米·桑布扎的像重新塑起来，供游人前来参观膜拜。

多吉的眼珠子闪闪发亮，他说，必定会引来世界各地的无数游客，我们到时可以坐收门票。

收门票？不是要装修成王宫酒店和文化艺术大院吗？谁会掏钱买门票来参观一家酒店或艺术院落呢？

我的这个问题在多吉看来显然是幼稚的。他说，这不是什么问题，就是如何策划的问题，这些你没经验，你都不用管，我们有贺老憨呢，到时让他来帮我们策划就是。

对啊，我们有贺老憨呢。有贺老憨，就没有我们实现不了的愿望。

贺老憨是贺中的自称,无论是他的微博还是微信,他对自己的称谓都是"贺老憨",久而久之,大家都习惯叫他"贺老憨"。

多吉顿珠让我先投五百万,他负责将租赁合同拿去政府敲章,然后我们再注册公司,注册完公司就着手装修,当然策划那块非拉上贺中不可。

和多吉签订合作协议之前,我心里还是悬着一块石头。当时的我,倒不是怕五百万投进去拿不回来,而是,担心拿下这座老王宫之后,不知该如何去运作和管理,我一点把握都没有。我打电话给贺中,那时的贺中正云游至青海。我们俩在电话里聊了四十多分钟,我把我和多吉打算要合作经营"拉让宁巴文化艺术大院"的事,详细告知了他,并征询他是否可行和可靠。贺中听完,立即表示全力支持。他说,首先,拿下这座大院对多吉来说根本不是问题,让我只管放心。第二,拿下之后如何经营,那就更不是问题,多吉和我都是他最铁的哥们,他将尽全力帮我们策划。他还说,"玛吉阿米"酒吧就是他策划成功的,"拉让宁巴"无论从历史意义还是名胜古迹这一点来说,都比玛吉阿米更有意义,更有潜力,也更容易宣传。因此,策划装修都没问题。只要他贺老憨出马,保证半年时间就红遍全国,把所有成本赚回来。

但我还是担心，万一多吉拿不下这座大院，我的五百万怎么办？

贺中大笑起来，说，这个你就放一万个心好了，多吉绝对不是这种人，我和老多交往十几年，我太了解他的为人。哪怕天下所有男人不可信，老多的人品你尽管放心，他绝对讲义气。要是那院子拿不下来，不要说这区区五百万，五千万他也分分钟就会还给你的，这个你大可放心。退一万步说，要是多吉敢不还你钱，还有我老哥贺老憨在呢，我要是不帮你讨回那钱，我贺老憨在拉萨不是白混了吗？

总之，贺中将我心中所有的担忧和疑虑，一网打尽，全部解开，让我觉得完全没有任何后顾之忧。最坏的结局就是万一院子拿不下来，就把钱退回，当自己做了一场白日梦，拉倒。

而多吉顿珠直接告诉我，我所担心的"万一"根本不存在，租赁合同都已拿在他手上了，怎么可能会拿不下来呢？只是领导换届了，他得重新去找新上任的区委书记，重新签个字罢了。而且，新上任的那个书记，恰好也是他的朋友。

多吉顿珠让我先别回家，抓紧时间将拉让宁巴的策划方案写出来，他着手去注册新公司，去找新领导签字。拉让宁巴大院里住着十九户藏民,搬迁费差不多需要一千多万,这笔钱必须由政府来出。

多吉顿珠还跟我商量,让我写一部关于拉让宁巴的发展史,从吞米家族写起,写到提出政教合一的五世达赖,再写到现代,拉让宁巴在多吉顿珠的手里变成了一座艺术大院和王宫酒店。那几天,他一有时间就告诉我很多关于拉让宁巴的历史变迁和详情。要是艺术大院落成,他还想让我帮他写一本关于多派唐卡的书。我满口答应。虽然我对唐卡似懂非懂,但由多吉自己口述,我只是代他执笔整理而已。

签订合同那天,我怕家里不同意,电话直接打给我弟弟,问我弟弟借五百万。按贺中的说法是,半年之内就可捞回成本,但我心里并没底,就跟我弟弟说,要是大院能够顺利拿下,我会用三年时间还你钱。要是大院拿不下来,那就把钱拿回不干了。

弟弟很冷静,他问我,一座老王宫,你凭什么就相信他们能拿得下来?

我说,整条八廓街五十六座大院,他们都拿得下来,这座老王宫只是其中一座。

弟弟说,这些是多吉顿珠告诉你的?

我说,贺中在两年前就跟我说过很多遍了,肯定是事实。我相信贺中,因为他不参与投资,他没必要骗我。贺中是个策划高手,他向我保证半年内就将我们的大院炒红。

弟弟又问,那这么好的项目,为什么他们独独选中你合作?

我被问住。

搪塞完弟弟,我心里也有些忐忑,去问贺中。

贺中说,多吉绝对是个侠义之人,对朋友肝胆相照,这个项目多少人红着眼想要,但多吉顿珠选择跟你合作,是因为你去年帮了他大忙,帮他的唐卡发表了那么多宣传文章,他对你有报答之心。

写几篇文章对我只不过举手之劳,人家就这么肝胆相照了。我还能说什么。死活缠住弟弟打钱。

最后弟弟又说,你现在投五百万,等下一步开始装修直至开张至少还得投下上千万,你要知道这么大一笔投资,在自己家乡可以做许多事情,万一出什么事,还有我们在你身边,可以为你扛着。你现在一个人跑去这么远的西藏,肯定会冒很大的风险,我们都没办法帮你。你考虑过没有,任何投资都存在风险和失败,我劝你先想清楚,再做决定。

我说,我在西藏投资,并不全是为了想得到物质上的回报,而是,我喜欢西藏,想圆一个梦。弟弟迟疑了一下,说,既然是你的梦想,那好吧,我支持你。但是,有一点我还是要告诉你，你要有心理准备，这钱拿出去，十有八九是要不回来的。

我偏就不信。

但经弟弟这么一提醒，心里多少还是有点担心，又跑去问贺中。贺中一脸鄙夷地看着我，还没等我说完，便把我教训了一番：你呀，以小人之心度君子之腹，你放一万个心好了，全天下的人变成骗子，老多绝不会骗你。要是他敢有万一，敢赖你钱，我贺老憨在拉萨不是白混了吗？——这样的话他不止说了多少遍。

今天，我才知道贺老憨真的不是白混的，他混得太完美无缺。要不是他口口声声、铁板铮铮的许诺，我哪敢将五百万立即送入多吉顿珠的腰包？

当然，我这么说也是不对的，最终的责任在我自己，谁让我相信他说的话呢？若是我不信任他，我可以五毛钱都不拿出去。没人拿枪逼我这么做。说到底，他们只是设了个陷阱等着我跳。假若我不想跳，他们拿我没办法。我跳下去了，那是我活该。

若是去问庄子，他一定也会说我活该。骂我比当年的惠子还猪脑，还要草包。一个人好好地活着，为什么要有这么多莫名其妙的梦想呢？你有梦想，当然得付出，得为自己的梦想买单。

可是，为我梦想买单的人，却是我弟弟。这让我深感惶恐和羞愧。我利用了我是他姐姐的亲情优势，利用了他对我的信任和无限的包容，不听他劝阻。

之后的两年多时间，我一次又一次回到拉萨，一次又一次经过拉让宁巴，一次又一次地站在古柳树下，抬头仰望，或低头沉思，遥想当年的文成公主，为了圆大唐帝国与吐蕃王国通过和亲而达成和协互利的政治梦想，她从长安城出发，整整走了四年，历尽千辛万苦才走到拉萨。不知当初的她为何偏就在拉让宁巴门外种下这棵柳树。她可知道，千年之后的一个小女子，为了圆自己的一个梦想，也跑到拉萨。然而，却在这棵柳树下，迷失了方向，再也不敢去相信这里的任何一个人。

想起贺中说的话，他说，拉让宁巴成为文化艺术大院之后，将会成为向世界传播的一个窗口，而我将是现代的两院成员中，将汉文化和藏文化很好地结合在一起发扬光大。

当时听来，无疑是一种高度赞美，如今却是满含嘲讽的一记耳光，想起来便火辣辣地疼。不仅疼在脸上，还疼在心里。他们曾经都是我全心全意去信任的朋友啊。天地之间尽是雾霾，天地不干净了，人心也不干净了，身边的人个个被利欲熏了心，越来越不好玩。除非引进一批庄子。

假装画唐卡的多吉顿珠,为了应付媒体宣传

但这个时代是否真有庄子,若是存在,又在哪里混着?

忽然又有一个梦想跳出来,要是我能够把钱讨回来,我一定要去开个清静的咖啡吧,或者书吧也好,不图热闹,不图能赚多少钱,而是让自己拥有一份隐于市嚣的安宁与自得。店名就叫"庄子陪我"。

不过,咖啡馆没开成,倒是为自己造了幢小木屋,在城市郊外的山林里。山里没有人,无法经营任何生意,只是用来一个人喝茶、读书,偶尔躺山上做做白日梦,看看风景,听听鸟叫声。每当这种时刻,我会与庄子相遇。

当我无法超脱一次次陷入迷茫和困惑时,我想跟庄子谈谈,但他懒得理我。他说,人总是死于梦想过度。

梦想过度,显然是一种精神疾病。我的梦想并不在于过多,而是过了度,远远高于现实,脱离于实际生活之外。

有个朋友对我说，西藏啊，那是离天最近的地方，你要去那儿实现你的梦想，不就等于去天上实现你的梦想么，你又如何将你的梦想扎下根来呢？

如今想来，我有多么不切实际啊！

每一个梦想的诞生，都需要理由，但具体的理由往往不可靠，可靠的理由往往又空穴来风，缺少常识，不着边际地漫天幻想，就是我的理由。

我一直都希望自己是一个会生活、尊重常识的人。然而，当常识落实到具体的生活中，我依然没有辨别的能力。在我的生活里，原来处处存在着"买拐"的人，"大忽悠"无所不在，面目多种多样。锻炼自己对常识性的辨别能力是个漫长的过程。

其实，2013年7月把钱打入多吉顿珠的账户之后，我就慢慢开始怀疑，太多的细节都与常识不符。多吉顿珠的公文包里每天带着拉让宁巴的项目合同，但总是找不到领导签字。就算找到了，也会生出诸多理由，一拖再拖。多吉说，他花去大量的时间、精力去办此事，比我更焦急，更想把事情做成。当他开始找各种理由，并想尽办法躲避我的时候，贺中也开始对我避而不见。

2013年9月，贺中生日那天下午，我专程飞到拉萨。多吉顿珠派他的司机来机场接我，他自己去参加贺中的生日了。我给贺中打去电话，他一个也没接。贺中朋友多，生日晚宴上人多喧闹，听不见电话很正常。我又打给多吉顿珠，也没接。问司机，司机说多总确实去参加贺中生日了，但不知道是在哪家酒店宴请，也帮我一起打，仍然没打通。

无奈之下，我打电话给阿卓，阿卓是贺中的现任妻子，也是我的闺蜜，我想她肯定会在生日现场。没想到，打通阿卓电话，她居然告诉我她也不在场，而且根本不知道贺中的生日在哪儿过、跟谁一起过。

这实在令人诧异。也就在那一趟去拉萨，我才知道阿卓和贺中正闹离婚，两人分居已近一年。但在电话里，阿卓并没告诉我造成夫妻分居的真正原因。

大概在晚上十点之后，我在拉萨河边的一家茶馆里见到了多吉顿珠。他说，一开始不接电话，是他和贺中都没听见。后来他接了我的电话，是贺中不让他告诉我在哪儿过生日。也就是说，贺中拒绝见我。这又令我惊讶不已。我和贺中做了十几年朋友，无冤无仇，这次从几千里之外飞来拉萨，居然拒绝我在他的生日晚宴上出现，这实在令我百思不得其解。

多吉顿珠的解释是，贺中倒不是拒绝见我，而是不想见到阿卓。要是我过去了，肯定会顺便带上阿卓，饭桌上有几个女生，他怕阿卓在场大家都会尴尬。——这个解释虽然勉强，但我还是接受了。

就在那晚，多吉顿珠给我吃了颗定心丸：再给他一个月时间，拉让宁巴这个项目要是再拖延着签不下来，他会把钱先还给我，等项目落实之后，再让我把钱打过去。要是项目拿下来，我改变主意不想合作了，也没关系，因为大把的人等着想跟他合作。并一再向我强调，他是个名人，网上随便一搜，都能搜到他的名字和企业，他绝对不是个不讲信义的人，让我尽管放一万个心。

一个月之后，

又一个月之后，

再一个月之后，

……

多吉顿珠找遍了各种理由搪塞和搪延一个又一个的日子，在一个男人无数次的保证和承诺中随风流逝。

静下心来想想，多吉顿珠是个虔诚的佛教徒，从小在寺院长大，受过活佛洗礼，又是喇嘛出身，他的家族世代诞生过五十二位活佛。还俗之后的他又是唐卡大师、拉姆拉卓唐卡画院院长、岗地集团公司董事长、西藏最著名的企业家之一，他怎么可能言而无信，骗人钱财呢，而且骗的又是我这么个手无寸铁的文弱女子。

——怎么可能？！

怎么不可能？——有个朋友的朋友，知道了我要与多吉顿珠合作的事，立即拨通了我的电话，我们在电话里聊了一个多小时。

她曾与多吉顿珠合作过，并担任过岗地集团公司的部门经理，了解公司里的每一个人和所有的运作方式，以及如何骗钱的各种招数。她的本意是怕我上当，来劝阻我投资。当她知道我已把钱投进去，立即就说，那你完了，你休想从他手里拿回一分钱。

怎么会呢？我说。多吉顿珠怎么看也不像个骗子啊。

正因为他长得太不像骗子，你才会被骗了去，要是骗子都长得像骗子，这世界上还会有人被骗吗？

回想起多吉顿珠从未兑现过的一次又一次的承诺，和诸多不符逻辑和常识性的细节，我也没有办法再说服自己。

只得又去寻求贺中，虽然贺中很不愿意见我。但是，为了获取心安，我只能一次又一次放下尊严、厚着脸皮去求见贺中。贺中的态度是强硬的，他对我一次又一次的质疑表示出极大的不耐烦，甚至到了鄙视的程度。他的意思是，跟你说多少遍了，让你不用怀疑，让你放一万个心，你却总怀疑人家，以小人之心度君子之腹。

隐隐的焦虑在心底弥漫。

再一次飞到拉萨。我的闺蜜阿卓，虽然正在与贺中分居闹离婚，但为了我的事，也去找了贺中。最后一次和贺中的见面，就是由阿卓安排的。是在一家种满绿萝的咖啡馆。

贺中当着阿卓和我的面，仍然是同样一番陈词：老多绝对讲义气，你完全可以信任他，你可放一万个心，要是拉让宁巴拿不下来，不要说五百万，五千万他也会分分钟还给你的。回去好好等消息吧，要是万一拿不下来，你就等着把钱拿回去就是了。不用担心有什么万一，若真有意外发生，还有我贺老憨呢，我在拉萨也不是白混的，一定会帮你把钱讨回来。这种事不是随便开玩笑的，老多在西藏怎么着也是个有头有脸的企业家，他怎么可能为了你那区区五百万葬送他的名声和地位。

至于那个女人，贺中警告我，让我万万不可再去告诉多吉顿珠，要是让老多也知道，这个女人在背后挑拨离间，可能用不了多少时间，她便会永远在拉萨消失。做这种事，老多只要跟他手下人动动嘴皮子即可，用不着他自己出手。

听得我脊梁骨一阵阵发凉。贺中的意思很明白，多吉顿珠还有个强大的黑帮势力在支撑着他的事业。无端端替那个女人感到害怕起来。从此，再没有提那个女人的名字。

记得那晚，我和阿卓从咖啡馆出来，走在回酒店的路上，我的一颗心放了下来，就算多吉顿珠要骗我，但看在贺中的份上，总还是有办法把钱拿回来的。

而阿卓却对我说：贺中说的那些话，不一定句句都是真的，你还是要有自己的判断，我劝你还是想办法拿回那笔钱为上策，别在拉萨投资了，我总觉得在这儿做事，远远没你想得那么简单。

说实话，从那时开始，我已经不再相信多吉顿珠了，但我仍然相信贺中他一定能够帮我，凭着他在拉萨的声望，和在朋友们心中的地位，我想事情总不至于发展到无法收场的地步。直至那晚——

某个冬天的深夜里，我坐在我的书房写我的小说，忽然接到阿卓的电话。那时的她已经和贺中分居一年多了，有些事情，可能憋心里太久，实在憋不下去了，她需要找个人倾诉。就在那晚，她说出了他们夫妻分居的真相。由于涉及到个人的隐私问题，我没法在此提供更多的细节。

时间停滞。我握着手机，眼睛盯着电脑屏幕，上面是我正在虚构的小说情节，然而，发生在阿卓身上的真相，远远胜过我所有的虚构，如此荒诞，如此难以置信，却又如此真切地发生在现实中。

我能想象电话那头的阿卓，握着手机的苍白而冰冷的手，以及轻微颤抖的薄薄的两片嘴唇。由于过度的难过，说着说着，她会突然便没了声音，等她换口气，再听她接着说。

好在，阿卓是个乐观的人。她说，结婚那些年，她一直就是自食其力，生活上从没靠过贺中，现在分开过了，她照样能够自食其力，并把女儿养过去，反而觉得轻松自在了。

在那夜之前，我一直在试图劝阿卓回到贺中身边去，不要走离婚那条路。那夜之后，我再不那样劝。换成我，也会和阿卓一样做出同样的选择。

感谢阿卓，让我狠狠地反省，让我对贺中的品性重新作出判断。他对身边最亲的人，都能做出这种事情，对于像我这样一个泛泛交往的朋友，还能指望他讲多少信义？他口口声声保证多吉顿珠的人品没有问题，并再三向我做出口头担保，果然都是信口开河。

当我再次求助于他时，他这样对我说："我只是看在朋友份上，帮你尽力催讨，他果真没钱还你，我还有什么办法，你告他去好了。"

我说："贺中，你当初不是口口声声说多吉人品没问题，并担保肯定能帮我把钱拿回来的吗？怎么会是这种结果呢？"

他突然愤怒地说："我是他爹？他不还你钱，我有什么办法！但我仍然不认为老多人品有问题，只是没还你钱罢了。"

如此哥们，我直接气疯："到今天你还认为他人品好，原来你们是一伙的。"

他居然说："我可告你诽谤。"

……

不过，从贺中嘴里说出任何话来，我都已经不会惊怪了，比起阿卓所说的那件事，我所遭遇的那些，都算不了什么。

接下来的两年多时间，我走上了一条孤独而艰难的讨债之路。

－2015

圣路无终

....
....
....
....

在藏地行走，总是会撞见这样一些贴身大地的信徒。他们始终在朝圣路上。在八廓街时，我问过几个信徒，问他们为什么要朝圣。他们总是很疑惑地看我一眼，对于他们，这个问题是愚蠢至极的。有人说，朝圣是为了赎罪；有人说，朝圣让他感到无尽的幸福；但更多的人说，他们是为每一个好心人祈祷，让这些人都能过上好日子。而有一个年轻人，他这样告诉我，他朝圣，是为了祈求世界和平。

于是，他以身体代步朝拜前进，让每天的心境和体力保持均匀的状态，让第一天的行动完全雷同。无法单独地记起每一天。磕长头成为修行中最漫长、又最不用费劲言说的过程。他虽然缓慢，但并不认为自己是在享受过程，他的出发点是保持那种固定的速度，那种最虔诚的让大地——掠过身体的方式。拒绝省略。他时刻都在到达他的目的地。当他身体的部位接触到大地，向前只是一个附加的结果。他在路上舒展和收缩着身体,膝盖、前胸和额头贴着抗磨的皮革,手上是一副破旧的木屐,他的手、额头、膝盖,脚跟和他的目光构成一条直线,单纯得像一条有尖头的直线。

他,还有他们,和她们,朝着布达拉而去,朝着各个寺庙而去,朝着神山圣湖而去。几天,几月,甚至几年。有一些信徒,在刚刚离开家门去朝圣时,带着家里全部的牛羊马车和贵重衣饰,沿途施舍,但往往还没到达目的地,就已变成了接受别人施舍的乞丐。他们依然乞讨着孜孜不倦地朝着一个不变的方向去。许多藏人,出生在朝圣路上,又死于朝圣路上……

阳光为朝圣者涂上一层金粉,远远看去,每一个卧下的身体,紧贴大地,看上去都是一尊度母,一尊佛。

但他们不需要同情。你的感动,你的落泪,是你自己的事,与他们无关。一个有信仰的人,尽管他们走不到圣地,他们的人生亦是圆满的。他们的快乐比我们多。我们没有资格去同情。对他们来说,多转一次经会比多得到一件物质更幸福。对他们最大的尊重,也许就是不要去打扰。

而我,一个没有信仰的女子,在路上走走停停,内心充满犹疑,不断在自我抵触中将一种思想进行分裂或者拼合。就像一个迷途的人,一次又一次任茫然的目光飘移向每一个路口处。我世俗的旅行目的,也许在很多人眼里,和一个朝圣者一样扑朔迷离,无法解释。

- 2015

鲍贝　浙江象山人，现居杭州。

70后小说家。中国作协会员。国家一级作家。鲁迅文学院第十一届青年作家高研班、鲁迅文学院第二十八届青年作家深造班学员。曾获2011年度浙江青年作家文学之星奖、青海湖文学奖等。

在《人民文学》等文学杂志发表中短篇小说上百万字。

著有长篇小说《观我生》《空花》《书房》《独自缠绵》《你是我的人质》《空阁楼》《伤口》《松开》等，随笔散文集《去奈斯那》《悦读江南女》《穿着拖鞋去旅行》《轻轻一想就碰到了天堂》等。

写作之余，喜欢独自一人在世界各地游走。

2005年以来，往返西藏二十余次，足迹遍布西藏各地。